SUR LE FIL

Fabienne Jomard
Maloue Allais-Wolff
Maryse Schellenberger
Nathalie Marchi

SUR LE FIL

Nouvelles

© 2021   Fabienne Jomard
　　　　Maloue Allais-Wolff
　　　　Maryse Schellenberger
　　　　Nathalie Marchi

Édition : BoD – Books on Demand,
12/14 rond-point des Champs-Élysées, 75008 Paris
Impression : BoD - Books on Demand,
Norderstedt, Allemagne

ISBN : 978-2-322-379286
Dépôt légal : Septembre 2021

PRÉFACE

Raphaëlle Jeantet

Voici dix-neuf nouvelles écrites par quatre plumes différentes, dix-neuf nouvelles *Sur le fil*.

Fabienne, Maloue, Maryse et Nathalie ont participé aux ateliers d'écriture de nouvelles que j'ai animés à la MJC de Montluel en 2020 et 2021. S'ils se sont pour ainsi dire tous tenus en visioconférence, la distance n'aura pas réussi à entamer l'assiduité des quatre nouvellistes : l'envie, le travail, la créativité ont été au rendez-vous tout au long de l'année.

Après *Douces-amères*, publié par la « promo 2020 », *Sur le fil* est une fierté pour ses autrices et un immense plaisir pour moi. Un plaisir multiple : animer un groupe sympathique, accompagner chacune et chacun dans l'exploration de sa propre écriture, me faire cueillir par une chute inattendue, une phrase émouvante, un passage hilarant, une expression poétique… et un plaisir simple : la lecture, évidemment.

Je vous souhaite, à vous aussi, beaucoup de plaisir.

CONFLIT

Maryse Schellenberger

Le réveil m'a sonnée, mais j'hésite encore à quitter la douceur de la couette.

Au quotidien, j'ai déjà du mal à m'extirper du lit, mais ce matin je dois faire un énorme effort.

Hier soir, on s'est quittés fâchés. Après des heures de travail acharné, stressant, je me sentais complètement vidée de toute énergie.

Alors que j'étais carrément prête à m'écrouler et surtout à ne plus rien faire, le conflit a éclaté. Nous n'étions pas d'accord sur le programme de la soirée. Je rêvais d'un bain relaxant, d'un verre bien frais et d'un repas léger. Mon cerveau et mes mains criaient grâce et aspiraient au repos.

Et là, ce fut le clash ! Il voulait absolument rester sur le pont et continuer à travailler d'arrache-pied. Finalement, je l'ai jeté bruyamment, je me suis glissée sous une douche au gel relaxant, tout appétit envolé, un yaourt et hop, au lit.

Mais forcément, la nuit fut agitée. Je me suis battue avec mon oreiller, entortillée dans mes draps et là, maintenant, je médite, le cerveau tout embrumé.

Allez, un effort, je rejette la couette et commence mon parcours quotidien.

Comme tout un chacun, passage aux toilettes, retour sous la douche, cette fois au gel tonifiant et je débarque, la bouche en cœur, dans la cuisine. La cafetière me fait un clin d'œil amical et compréhensif. Je retarde le moment de la confrontation. Un bon café et c'est parti ! Je me dirige hardiment jusque dans mon bureau.

Il est là, il m'attend, j'ai même l'horrible sensation qu'il me guette. L'observation attentive de la scène révèle qu'un vrai combat a eu lieu. Malgré tout, il ne subsiste que des traces sans signification. Un regard sur mon sous-main, les pages noircies sont toujours à droite, les pages blanches sont toujours à gauche. Et nous sommes aussi penauds l'un que l'autre. Je sens bien qu'il n'est plus du tout fâché de notre affrontement de la veille.

Mon stylo est bien là, prêt à courir encore sur des pages et des pages. Encore une fois impatient de mettre en ligne toutes les histoires qui bouillonnent dans mon cerveau.

Et nous voici de nouveau étroitement réunis mon stylo et moi.

À LA UNE J'EXISTE
Maloue Allais-Wolff

Depuis un mois Fabrice est extrêmement malheureux. Trop malheureux ! Il n'en peut plus ; il va, il le sait, péter les plombs si cela continue.

Ses parents n'en finissent pas de se déchirer à propos d'une mutation de papa qui les obligerait à déménager tout au nord de la France. Pour son père c'est une aubaine qu'il ne peut pas refuser ! Un salaire presque doublé, Luxembourg oblige, une promotion extraordinaire qu'il ne retrouvera pas de sitôt ! Voilà ses arguments.

Maman lui a opposé un refus catégorique. Pour elle il est hors question de quitter cette ville où elle a grandi, où vivent sa famille, ses amis. Elle aussi a un travail intéressant qu'elle ne veut perdre à aucun prix.

Ils sont dans une impasse, chacun campant sur ses positions. De jour en jour l'ambiance à la maison est devenue nauséabonde, irrespirable. Ce ne sont que cris, bouderies, sarcasmes, méchancetés. Finis les rires, les gestes tendres, la connivence.

Fabrice, du haut de ses 12 ans, a peur. Il sait que beaucoup de parents divorcent et que leurs enfants sont écartelés. Plusieurs de ses copains vivent cette situation. Lui ne veut pas de ça. Ce à quoi il aspire, c'est retrouver la quiétude d'avant, quand le bonheur régnait en maître chez eux.

Ce petit bout d'homme n'a pas voix au chapitre. Est-ce qu'on lui demande à lui s'il veut changer d'école ? Perdre ses copains ? Laisser son club de rugby ? Non on ne lui demande rien, on ne l'épargne pas, on ne le calcule même plus. Alors il décide de leur démontrer qu'il existe. Qu'une vie heureuse ce n'est pas ça. Qu'ils n'ont pas le droit de faire comme s'ils n'avaient pas d'enfant.

Aujourd'hui sa décision est prise. Et son plan prend forme. Il ira rejoindre sa marraine qui habite à 50 kilomètres de là et lui demandera de l'aider. Il sait qu'elle est sa meilleure alliée. Peut-être saura-t-elle leur faire comprendre qu'il souffre. Qu'il faut que cela cesse.

Le lendemain est un mercredi. Fabrice a préparé son vélo. Il se mettra en route après le repas dès que maman sera repartie au travail.

Dans son esprit ce sera simple. L'entrée de l'autoroute est à côté de la maison. Il sait par où papa passe pour aller chez sa sœur. Après ce sera tout droit jusqu'à la sortie de la Verpillière.

Déjà en arrivant sur la bretelle de l'autoroute son assurance vacille et finit par s'envoler. Il se fait klaxonner à tout rompre sans comprendre pourquoi. Il a pourtant bien mis son casque ! Des larmes de stress lui brouillent la vue lorsqu'il se rend compte qu'il est le seul sur un vélo, que les camions sont dix fois plus gros qu'il ne les imaginait, que les voitures roulent bien trop vite et que cela fait des appels d'air.

Alors il comprend confusément que cette aventure risque de lui coûter cher. Plus cher que l'enjeu peut-être !

Impossible de faire demi-tour. Il doit aller jusqu'au bout de ce projet qu'à présent il trouve débile !

Il pédale de toutes ses forces sur la bande d'arrêt d'urgence qu'il pensait être réservée aux vélos. Il a la tête baissée pour éviter l'air qui lui coupe la respiration. Son petit cœur affolé dans sa poitrine bat la chamade.

Et puis tout d'un coup il entend la sirène ! La voiture de police arrive et le double. Il ne sait ce qui prédomine, le soulagement ou la crainte. Alors il fond en larme et c'est au moment où il veut s'arrêter, qu'il fait un malheureux écart juste lorsqu'un camion qui tenait mieux sa droite que d'autre le projette loin, si loin….

Il a le temps de penser que cela n'a plus beaucoup d'importance l'endroit où ses parents choisiront de vivre.

Dans le quotidien du lendemain on pourra lire :

« Un jeune garçon de 12 ans a perdu la vie hier alors qu'il se trouvait en vélo sur l'autoroute A 42. Les parents de l'enfant, dévastés, ne comprennent pas pourquoi leur fils se trouvait là. »

MACABRE AUBAINE
Fabienne Jomard

« Rhaala la ! s'exclama Bill... On va finir par être en r'tard ! »

L'un des nombreux feux tricolores qui jalonnent la route du cimetière de Feasterville, Pennsylvanie, venait de passer au rouge, obligeant le véhicule à stopper, une fois de plus.

Ouais, acquiesça Bob sans cesser de mâcher son chewing-gum, et l'patron va encore gueuler...

Tout en disant cela, il se retourna une énième fois pour jeter un coup d'œil à travers la vitre qui séparait l'habitacle en deux. On se serait cru dans un de ces films de gangsters où les gars n'arrêtent pas de vérifier s'ils sont suivis.

T'as peur de quoi ? Que le macchabée se fasse la malle ? ricana Bill, goguenard.

À ce moment-là, le feu passa au vert, Bill écrasa le champignon et le corbillard s'arracha brutalement du macadam, projetant les deux employés des pompes funèbres contre leur siège.

— Non, répondit Bob tranquillement, j'me d'mandais juste si j'avais bien fermé les portières...

Il faisait très chaud cet après-midi-là à Feasterville. Une de ces chaleurs moite et écrasante qui cloue les humains sur leur chaise longue et les chiens sur les trottoirs. Et justement, Bonnie et Clyde étaient de ceux-là : Bonnie était affalée sur le hamac délavé suspendu dans l'ombre maigre de sa masure, mains croisées derrière la nuque et chapeau de paille sur les yeux. Clyde, lui, avait choisi le seul buisson poussiéreux qui avait survécu à l'urine des chiens errants et s'était vautré en haletant dans son ombre à peine fraîche.

Ils furent réveillés tous deux par un fracas inhabituel. D'ordinaire, les camions qui passaient par le bidonville de Casa Pintada secouaient leur carcasse sur cette portion de rue cabossée de nids-de-poule mais le bruit qu'ils produisaient ne les effrayait plus depuis longtemps et n'aurait jamais interrompu leur sieste... Non, là, c'était autre chose. La chute d'un objet lourd qui s'était écrasé sur le bitume les avait tirés de leur torpeur, et quand ils ouvrirent les yeux, ils furent stupéfiés. Tandis que Bonnie fixait la grande boîte qui gisait au milieu de la rue et surtout le pied chaussé d'un escarpin rouge qui s'en échappait, Clyde, lui, s'était levé avec difficulté et trottinait déjà, queue et truffe frémissantes, vers ce morceau de chair qui venait de faire irruption dans son champ visuel.

Marisa aussi avait entendu le bruit. Curieuse, elle avait accouru en sautillant le long de Brownsville Road en faisant voltiger les volants de sa robe jaune.

Mais Bonnie l'avait devancée.

– T'approche pas, c'est pas pour les gosses !

– Pourquoi ? répliqua Marisa qui se dandinait d'un pied sur l'autre en tortillant une de ses tresses autour de son index. Elle est morte la dame ?

– Ouais.

– Ben alors c'est comme mon pépé Alfonso. L'autre jour, il était mort aussi. Moi je l'ai vu, dans sa boîte. Comme la dame.

– Bon, OK Marisa mais fiche le camp, t'as compris ?

– Oui oui ! répondit-elle sans oublier de glisser un œil curieux par la brèche qui s'était ouverte dans le cercueil. On apercevait un chapeau de paille noir et rouge garni d'une voilette de tulle.

Là-dessus, elle tourna les talons et détala aussi vite qu'elle était arrivée.

Bonnie, après bien des hésitations, s'était résolue à appeler la police.

« Allo ? Faut que vous rappliquiez vite fait, y'a un cercueil qui s'est fait la malle et qui a atterri juste devant chez moi. Non c'est pas une blague. Oui, y'a cinq minutes. J'vous ai appelés tout de suite. Ouais, j'attends. Au carrefour de Brownsville road et de Maple street. »

Vingt minutes plus tard, la voiture de police stoppa sur Brownsville road. Bonnie ne les avait pas attendus. À Casa Pintada, mieux valait ne pas trop se montrer avec les flics. N'avaient qu'à se démerder avec ce putain de cercueil. Plus son problème. Mais qu'est-ce qu'elle en avait à foutre d'une aristo qui allait se faire enterrer habillée façon haute couture avec des pompes à mille balles aux pieds...

En s'approchant, les policiers découvrirent une défunte comme ils n'en avaient jamais vu. Du moins pas dans un cercueil. Elle était presque entièrement nue. Aucune trace de ses vêtements aux alentours. Apparemment, les voleurs avaient déplacé le couvercle du cercueil, déshabillé la morte puis refermé le tout tant bien que mal. L'enquête de voisinage ne donna rien. À cette heure-ci, tout le monde faisait la sieste. Rien vu, rien entendu. Bonnie fut retrouvée facilement mais on ne put pas en tirer plus que ce qu'elle avait déjà dit au téléphone. Le chef prit des notes puis son adjoint et lui rentrèrent au poste pour mettre tout ça dans leur rapport. Aucun des deux ne songea à tourner la tête lorsqu'ils traversèrent le bidonville. Dommage. Ils auraient pu assister à un spectacle peu commun : une troupe d'enfants de tous âges entourait trois fillettes qui dansaient dans la poussière de la rue. Ils auraient pu entendre les notes chaloupées d'une salsa crachotées par un vieux lecteur CD. En s'approchant, ils auraient pu sentir la vague de plaisir qui faisait onduler le cercle des spectateurs ravis. Sans même voir les visages des fillettes, ils auraient pu deviner leur jubilation et la joie qui les animait. L'une faisait tournoyer en dansant une jupe trop longue en dentelle noire qui balayait le sol. L'autre, hilare et comme enivrée, piétinait sur place en trébuchant dans des escarpins rouge vif. Quant à la troisième, elle faisait voltiger les volants de sa robe jaune et portait, coiffant ses tresses brunes, un charmant canotier noir et rouge, bordé d'une voilette.

DÉLIVRANCE
Nathalie Marchi

Toute la nuit, il avait cauchemardé, il s'était réveillé en sueur, trempé, terrorisé. Chaque fois, il avait rejeté au fond de son lit ses draps froissés et humides, qui collaient désagréablement à sa peau. Chaque fois, il s'était levé, était allé dans la cuisine se servir un verre de lait froid, qu'il avait bu d'une traite pour apaiser sa soif et refroidir son corps bouillonnant. Il avait respiré amplement et était retourné s'allonger. Si son corps s'apaisait progressivement, son esprit demeurait extrêmement tourmenté. Il attrapait alors une bande dessinée qui trainait par terre dans le capharnaüm de sa chambre et tentait de s'évader à travers elle. Les images produisaient leur effet, stimulant son imaginaire, le projetant temporairement dans un autre monde, avant d'aboutir à l'échec. Quand Morphée venait lentement le reprendre, qu'il sombrait enfin dans le sommeil, il se retrouvait toujours et encore dans cette hideuse chambre terne, sans âme, mais terriblement familière. Les murs étaient décrépits, des lambeaux de tapisserie se détachaient par endroits. Une petite lucarne, seule source de lumière et de vie, projetait un faisceau où la poussière ambiante venait danser. Le plancher de bois craquait, une odeur âcre flottait dans l'air. Il scrutait la pièce et son regard se posait inexorablement sur une petite paillasse où reposait une forme oblongue, laiteuse et translucide. Cette masse allongée, légèrement mouvante semblait irréelle, mais ses contours cotonneux s'affinaient progressivement. La tonalité de blanc qui dominait la composition se chargeait peu à peu d'une multitude de bleus virant tantôt aux jaunes, tantôt aux rouges violacés, et enfin une fine tache de pigments carmin apparaissait. Petit à petit, ce spectre immatériel prenait forme humaine. Les détails devenaient de plus en plus précis, réalistes jusqu'à en être trop précis, trop réalistes, trop violents... Il redécouvrait alors un petit corps décharné et exsangue qui se dessinait immanquablement. L'acuité exacerbée de sa perception des détails des multiples hématomes et de la couleur du sang qui perlait à la lèvre inférieure de l'enfant, devenait insupportable, intolérable... Le petit être gémissait dans son sommeil et subitement ouvrit de grands yeux en tendant vers lui un doigt accusateur. « Aide-toi ! » Il recula alors, épouvanté face à lui-même.

Tard dans la matinée, il se réveilla exténué par cette nuit sans sommeil, hanté par le spectre de son enfance. Il savait d'où venaient ses cauchemars, quand ils avaient commencé et probablement quand ils s'achèveraient...

Il se leva péniblement. Dans la salle de bain, il s'aspergea le visage d'eau froide, le frictionna vigoureusement puis s'observa longuement dans le miroir. Il fallait qu'il aille jusqu'au bout mais à quel prix... sa quête le marquait un peu plus chaque jour, ses cernes s'accentuaient, ses traits se creusaient, son visage était un masque de cire fondant peu à peu. Il se rendit dans la cuisine, où il but un café serré et se força à avaler une biscotte. Il devait se remettre au travail, c'était son unique salut. Il descendit les quelques marches qui le séparaient de son atelier et se saisit de ses pinceaux. Il était guidé par l'urgence d'achever cet ultime tableau qui devait clôturer sa série intitulée « enfance ».

Il peignit toute la journée et toute la nuit sans discontinuer.

Après son dernier coup de pinceau, vidé, éreinté, il prit du recul sur son œuvre et s'affala sur le vieux sofa élimé qui lui faisait face. Pour la première fois depuis des mois, il sombra enfin dans un sommeil sans rêve, ni cauchemar. Au petit matin, il n'entendit pas les coups frappés à la porte, ni le grincement lors de son ouverture. Il ne perçut pas les pas qui traversaient la maison jusqu'à l'atelier. Il ne sentit pas le poids du regard de sa visiteuse posé sur lui, ni les odeurs qui envahirent la pièce...

Elle avait frappé.

La porte n'était pas fermée à clé, elle était entrée et l'avait appelé. Personne n'avait répondu, il avait probablement encore oublié sa venue pour le week-end. Elle avait parcouru le long couloir qui traversait la maison et avait descendu les marches d'escalier menant à l'atelier. Elle l'avait alors trouvé profondément endormi sur le canapé. Il avait l'air détendu et serein, un état qu'elle ne lui connaissait pas ou rarement. Quand elle venait le voir, elle le trouvait tour à tour exalté ou déprimé, passant parfois d'un état à l'autre en une fraction de seconde. Il était toujours en lutte contre lui-même, toujours sur le fil du rasoir, un écorché vif... Elle aimait et haïssait cette fragilité douloureuse. Elle le rendait tellement attachant, mais elle l'excluait de son monde, la laissait à la frange de sa vie. Elle aurait tellement voulu pénétrer intimement son univers, en faire partie intégrante, elle s'en sentait légitime. Elle l'observa encore un moment puis se retourna...

La toile face à elle lui arracha un cri d'effroi. Le tableau dégageait une telle puissance, une telle violence... Il était d'une beauté crue et d'une indécente impudeur, un mélange de perfection et de cruauté, une œuvre incontestablement dérangeante, sortie d'un cauchemar. Elle resta prostrée un long moment, incapable de détacher son regard, agressée par la scène, tétanisée. L'enfant sous ses yeux suintait la souffrance et le désespoir, en quête d'un secours qui ne venait pas. Elle était émue aux larmes. D'autres tableaux étaient empilés derrière le chevalet. Elle les disposa les uns à côté des autres en une fresque cauchemardesque et splendide, sombre et sanguine. Tous témoignaient de la même horreur, jusque dans la vengeance des bourreaux châtiés, pendant au bout de leur corde, tels des pantins désarticulés…

Elle reprit un peu ses esprits et remis les toiles à leur place. Elle devait prendre soin de lui, panser ses plaies. Dans la cuisine, elle fit couler du café. Elle disposa ensuite sur un plateau deux bols accompagnés d'une assiette couverte des viennoiseries, qu'elle avait achetées en chemin. Elle savait à quel point il pouvait s'oublier lorsqu'il créait. Elle déposa le tout sur une table basse à côté du sofa et ce n'est qu'alors qu'elle le toucha, lui caressant tendrement la joue.

Il sursauta, projeté brutalement hors du néant. Quelque chose venait de se poser sur son visage. Passé le vertige du retour à la réalité, il reconnut la douceur de cette main et simultanément ouvrit les yeux. Elle était là ! Il s'ancra subitement dans l'existence, dans le temps, dans le quotidien. Nous étions samedi. Celle pour qui il s'était libéré à travers ses toiles des traumatismes de son enfance se trouvait là, à ses côtés, rayonnante. Il avait chassé ses démons.

Délivré, il pouvait enfin se consacrer pleinement à sa fille…

DÉGRINGOLADE DANS LE VIDE
Maryse Schellenberger

D'abord, pendant des mois, il y a eu la fatigue, une énorme, immense et pesante fatigue

Et le processus s'est enchaîné : la consultation médicale, les échographies, le diagnostic, la clinique, le chirurgien, l'opération.

Et la vie s'est déchaînée.

Le messager de l'horreur est entré dans la chambre d'hôpital et a libéré les éléments. Impossible de réfléchir, c'est une chape de plomb qui se pose sur le monde.

Au départ de cette nouvelle tranche de vie, un invité surprise est là en embuscade et ce n'est pas parce qu'on ne le voit pas qu'il n'existe pas.

Insidieusement, il prend de plus en plus d'espace, il devient le maître du jeu, le lanceur de dés.

C'est un combat qui commence, jour après jour, heure après heure et pas à pas, sans réfléchir, il est indispensable d'avancer. Les mots refusent de voyager entre les personnes et seuls les yeux se parlent. Il faut s'appliquer pour simplement respirer.

La vie devient une boule de pâte à modeler, qui s'enroule, qui s'écrase, qui s'aplatit. Ce serait tellement bien de pouvoir la façonner enfin, refaire le monde tel qu'on le rêve..

Régulièrement l'espoir renaît, fait un pied de nez au quotidien et le temps s'étire. Mais les matins chagrins reviennent de plus en plus souvent. On tente de petites pauses entre la vie et la mort. Et un jour, la vie reprend tout le bonheur qu'elle a donné.

Le malade devient le défunt et le monde s'écroule. Pour le survivant c'est la dégringolade dans un puits sans fond et l'envie de ne surtout pas remonter à la surface.

Arrivent le premier café depuis, le premier repas depuis, le premier jour depuis. Les journées s'enchaînent et n'ont plus aucune saveur.

Les gestes existent sans aucune conscience de les avoir accomplis. Les nuits sont longues et vides. Au matin, on se retrouve habillé de pied en cap, et on se demande ce qu'il faut faire ensuite. La main aimée n'est plus là pour protéger, encourager, caresser. Par un calcul improbable, deux ne faisaient qu'un et un est devenu zéro.

C'est comme une épée qui transperce le cœur, sans être fatale, ni rapide, ni miséricordieuse, une pointe acérée qui pénètre chaque jour un petit peu plus loin. Et de nouveau, les heures deviennent des jours, les jours deviennent des semaines, les semaines des mois, les mois des années. Il faut dégonfler son cœur, le replier bien proprement et le ranger au fond de sa poitrine. Les tiroirs de l'âme se ferment, se verrouillent. Il faut jeter toutes les clés. On reçoit les chagrins et les problèmes par morceaux juste assez gros pour pouvoir les avaler. La vie n'est plus qu'un banal exercice de survie.

En surface tout va bien, mais ce n'est pas parce qu'on semble s'en remettre qu'on va tout oublier. La personne qui vous a fait planer le cœur et l'âme n'est plus là. Son âme s'est éteinte et votre cœur a explosé en un million de morceaux.
L'esprit s'adapte et ordonne au cœur de faire de même.

LE RIRE

Maloue Allais-Wolff

Lorsque Brice se réveilla dans la cité des lilas ce matin-là, il se sentit immédiatement écrasé par le poids de cette journée à venir. Il pressentait qu'elle n'allait pas lui apporter toute la joie qu'un clown peut attendre de son quotidien.
Cela d'ailleurs commençait mal. Par la fenêtre ouverte sur la rue, d'où montaient des odeurs nauséabondes de pots d'échappement, il entendait les pétarades des motos vrombissantes avant le départ pour ce qui, normalement, devait être une virée exceptionnelle. Mais aujourd'hui il pleuvait des trombes ce qui n'était pas signe de réussite pour le but recherché.
Brice était fatigué. Il n'avait pas vraiment le moral.
Pourtant il devait se lever pour apporter, comme chaque année depuis le drame, sa contribution bénévole à la journée dédiée à Titi, un des jeunes les plus sympas de la cité qui, à la suite d'un accident tragique en moto, était devenu tétraplégique.

Tout le quartier s'était alors mobilisé. Chaque premier dimanche de juillet une grande fête se déroulait dont la recette servait à rémunérer l'aide à domicile indispensable au maintien de Titi chez lui et à l'achat du matériel nécessaire à son confort. Ce jour-là les motards prenaient en charge des handicapés pour une escapade libératrice, des stands installés à l'endroit du départ proposaient des tee-shirts et divers objets au nom du Titiathlon, des boissons, une restauration rapide, des animations et des jeux étaient également proposés.

Brice le gentil clown, quant à lui, parcourait les rues sur ses échasses afin d'attirer, par sa gouaille et ses pitreries, les gens vers les stands. Là, convaincus par la noblesse de la cause, ceux-ci participaient le plus souvent généreusement à cet élan de solidarité.

Et c'était important. Chacun avait à cœur de faire en sorte que cette journée soit une réussite.

Hélas ce matin tout allait de travers. Gaëlle, sa petite sœur, prise d'une crise d'espièglerie, s'était faufilée dans sa chambre. Tout en faisant semblant de remonter sa queue de cheval, elle lui avait lié les pieds au montant du lit avec les menottes de leur gendarme de père qui dormait d'un sommeil réparateur après sa nuit de garde.

Il avait eu beau crier, hurler, menacer, cracher des injures rien n'avait décidé cette petite peste à le délivrer.

Elle le regardait de loin et riait à gorge déployée à s'en plier en deux ! Un fou rire tel que des larmes ruisselaient sur ses joues faisant couler son nez presqu'aussi rouge que celui de Brice. Celui-ci ne comprenait pas ! rien n'expliquait ce débordement de joie hormis peut-être le fait qu'il était allongé, en caleçon de toutes les couleurs, avec ses chaussettes bariolées de clown et ses yeux blancs pas démaquillés de la veille. Ce jeu puéril ne le prédisposait pas à la bonne humeur, encore moins à l'indulgence. Il était urgent qu'il se prépare, il était en retard mais pourtant doucement au début, puis de plus en plus, puis en des éclats tonitruants le rire le gagna aussi tel un fil tendu entre le tragique et l'espoir, libérateur et apaisant redonnant à cette journée l'entrain qu'il se devait de lui apporter.

PLEIN CHAMP
Fabienne Jomard

– *Qu'est-ce qu'elle peut bien regarder par la fenêtre toute la journée ? Moi je crois que je péterais un câble à rester assise comme ça sans bouger à regarder dehors…*
– *Ouais, ben c'est pas pire que de mater des vidéos de chats et de make up tout l'après-midi…*
– *C'est qui le mec qui est venu la voir hier ? Il est canon ! C'est son petit-fils ?*
– *Non… j'crois qu'elle a pas d'enfant. Son petit-neveu peut-être… C'est vrai qu'il est trop beau !*

Ainsi parlaient Justine et Sofia, deux collégiennes en stage à la maison de retraite Les Narcisses. Celle qu'elles observent ainsi depuis le couloir, c'est Jeanne Pélisson, 86 ans. Elle passe le plus clair de ses jours derrière la fenêtre de sa chambre à contempler les terres qui s'étalent devant ses yeux, en contrebas de la maison de retraite. Les terres… ses terres… Elle sait qu'au fil des saisons elles vont verdir, puis jaunir, passant du blé en herbe aux épis pleins de promesses. Elle a donné soixante ans de sa vie à ces étendues de terre grasse et lourde. Elle y a usé son corps et raboté son âme, au grand soleil de juillet comme dans les brumes d'octobre.

Confisquées maintenant ses terres ! Confisquées par le temps, l'âge, la vieillesse. Elle n'avait pas prévu la vieillesse, la Jeanne. Pourtant, elle était rompue au cours naturel des choses : la naissance, la vie, la mort, elle avait connu tout ça dans sa longue vie. Mais la vieillesse… La vieillesse avait été une expérience nouvelle. Elle n'avait pas connu celle de ses parents, morts trop tôt, elle n'avait pas vu vieillir son mari, disparu en Algérie, à vingt-quatre ans. La vieillesse, c'était bon pour les autres, elle, c'était le courage, l'énergie, la force et l'amour de la terre. Elle n'avait pas prévu ça… Et pourtant, elle avait bien dû s'y résoudre, quitter la ferme, s'arracher à sa terre comme on arrache un arbre, pour ne plus la contempler que de loin, comme depuis le hublot d'un avion, on regarde le sol défiler, en spectateur.

Hier, Quentin lui a rendu visite. Justement, les avions, c'est sa passion. La Terre, il la contemple souvent d'en haut, à bord de son petit biplace. Chaque fois qu'il lui arrive de survoler les terres de la tante Jeanne, il a une petite pensée pour elle et il fait un saut à la maison de retraite. Quand il est entré dans la chambre, elle était à son poste, dans son fauteuil face à la fenêtre. Mais quelque chose lui a semblé différent. Il y avait certes bien longtemps que Jeanne ne parlait plus, ni à lui, ni à personne. La plupart du temps, elle se trouvait simplement là, immobile et comme absente. Elle semblait l'écouter lorsqu'il lui parlait de son travail, de sa vie ou de la famille mais aucune émotion, jamais, ne venait bousculer son visage creusé par les sillons de l'âge. Pourtant, ce dimanche, quand il était entré et qu'il s'était posté, lui aussi près de la fenêtre, son regard lui avait semblé moins éteint et ses paupières, teintées de mauve étaient légèrement rougies. Elle avait pleuré, il en était sûr. Ses iris délavés étaient braqués sur un repère fixe, là-bas, au milieu du champ. Quentin se plaça derrière elle pour tenter de trouver le point focal qui semblait aimanter son regard. C'était un arbre. Un grand cerisier solitaire planté en léger contrebas des terres. Comme un nœud vers lequel convergeaient les sillons en pente douce. Quentin en avait souvent entendu parler quand il était gamin. Dans la famille, on l'appelait le cerisier de la tante Bette, et même s'il n'avait jamais demandé qui était cette fameuse tante, ce nom l'amusait, il entendait « bête » et il imaginait une vieille dame un peu stupide. D'avion, il pouvait à peine distinguer le vieil arbre, juste un graffiti noir sur la nappe brune des labours mais, à chaque fois, il souriait intérieurement en se remémorant les histoires qui couraient à propos du vieux cerisier. Ces histoires, puisées dans la mémoire familiale, il lui semblait les entendre encore. Celle du Barthélémy qui aurait planté le cerisier par amour pour sa fiancée, celle du maquisard, que les Allemands auraient pendu à ses branches, et enfin, sa préférée, celle du coffret plein d'or qui aurait été enterré à son pied afin qu'il échappe aux ennemis, même s'il ne pouvait plus dire de quels ennemis il s'agissait… Tout à ses souvenirs, il n'avait pas remarqué que la tante Jeanne s'était endormie. Doucement, il s'apprêtait à se retirer quand il comprit, en regardant le cerisier une dernière fois, ce qui avait dû frapper la Jeanne : le cerisier était mort. Aux alentours, le printemps se déployait. Partout, dans les bois qui couronnaient les collines, aubépins et merisiers sauvages avaient fleuri et, plus bas, sur les berges du Suran, trembles et saules renaissaient, tout auréolés de vert tendre et d'argent. Seul, le vieux cerisier restait indifférent aux élans du printemps et aucune feuille n'était venue verdir sa ramure.

Quinze jours plus tard, Quentin est revenu. Le couloir était désert, la porte de la chambre, entrebâillée, oscillait sur ses gonds en grinçant légèrement. Quentin la poussa, pris d'un bizarre pressentiment, teinté de certitude. La chambre était vide et la fenêtre, ouverte, laissait entrer un léger courant d'air. Sur le sol, des dizaines de feuilles de papier voletaient, se soulevaient légèrement puis retombaient ou, comme animées d'un souffle de vie, se déplaçaient sur le plancher.

Il se baissa, en saisit quelques-unes et reconnut l'écriture de la Jeanne. Il s'assit sur le lit et se mit à lire.

C'est alors qu'il comprit. Il comprit la jeunesse gâchée de Jeanne, la mort de sa sœur aînée Bernadette, qu'on appelait Bette, emportée à vingt ans par une mauvaise grippe, ce cerisier qu'on avait planté en sa mémoire et elle, Jeanne, mariée contre son gré au veuf de Bernadette parce qu'un homme seul ne peut pas tenir une ferme. Et puis ensuite, la guerre, la mort qui frappe encore et la laisse seule, le commis de passage qui s'installe à la ferme et cet enfant de la honte qui a poussé dans son ventre sans que personne ne l'apprenne jamais. Cet enfant, un garçon mort-né, enterré sous le cerisier une nuit de novembre... Toute cette somme de souffrances qui s'achève là, sous cet arbre, mort à son tour.

Tu sais où ils l'ont emmenée, madame Pélisson ?
Non mais il paraît qu'elle a changé d'étage, c'est son petit-neveu qui me l'a dit.
Quoi ! T'as parlé au beau gosse ? Et alors, t'as kiffé ?
Ouais, grave, il est trop mignon ! Il m'a parlé d'une histoire de cerisier, comme quoi il avait demandé à la directrice la permission d'en planter un dans le parc...

LATRODECTUS JAZZ
Nathalie Marchi

Sur le vol Orly-Kennedy, recroquevillé au fond de son siège, Paul nourrissait de grands espoirs... Il avait toujours vécu avec le sentiment d'être dans un état larvaire. À peine sorti de l'œuf, rampant dans ce monde sans jamais pouvoir s'élever, il aspirait à travers ce voyage à un épanouissement personnel. Quand les roues de l'appareil touchèrent le tarmac, il déplia chaque segment de son corps endolori par les heures d'immobilité. À l'arrêt des réacteurs, il s'extirpa lentement de son fauteuil pour se joindre à la procession de passagers agglutinés dans le couloir.

Le lendemain, il décida de sillonner Central Park. Il pénétra par une entrée à l'est du parc à la hauteur du Metropolitan Museum et s'engagea sur une allée. À l'exception des quelques joggeurs, il était seul dans cet immense espace à cette heure très matinale. Il se sentait bien, libre, un sentiment nouveau et grisant. En arrivant sur Great Lawn, il fut impressionné par le contraste saisissant de cet écrin de verdure enchâssé dans une montagne de buildings. Sa contemplation fut interrompue par la perception de mouvements à l'extrémité de ce large champ de vision parfaitement immobile. Intrigué, il fixa son regard sur l'objet de cette intrusion. Un petit groupe de yogis s'était installé. Il s'approcha lentement pour les observer tout en maintenant une distance respectueuse. Il s'assit en tailleur à même le sol. Le spectacle des déplacements au ralenti des corps lui apportait un sentiment d'apaisement, de plénitude. Certains s'immobilisaient dans des postures insolites, tels des phasmes défiant la gravité. Paul, solidement ancré dans le sol, appréciait le contact de l'herbe et de la rosée. Il respirait plus amplement, humant les notes fraîches et végétales du matin. Il ne reprit son paisible chemin que lorsque le groupe se dispersa.

Il poursuivit ses pérégrinations, glanant çà et là des petits instants de bien-être, quand soudain il l'entendit. Une musique lointaine venant par delà un large bosquet, un rythme chaud et sensuel qui l'attira irrésistiblement. Il accéléra sa marche comme mû par un sentiment d'urgence. C'était ce qu'il était venu chercher à New York, son Graal.

Jeune musicien entré au conservatoire à l'âge de 8 ans, Paul avait rapidement trouvé son instrument, le piano. Dès lors il avait œuvré sans relâche. Après avoir grignoté les adagios de Beethoveen, il dévora les préludes de Schubert, engloutit les sonates de Chopin et avala goulûment les fugues de Bach. Il avait fait son nid dans les partitions des grands compositeurs classiques. Pourtant depuis quelques années, il vibrait pour le jazz mais sa formation et la rigueur de son esprit ne lui permettaient pas le lâcher-prise inhérent à ce courant musical. Ses multiples essais d'improvisation lui avaient toujours laissé un goût d'inachevé. Il n'était pas mûr, il se sentait étouffé dans un cocon, prisonnier de ses propres limites.

Au détour du fourré, il l'aperçut…

À contre-jour, se découpait une silhouette longiligne et tentaculaire. Quand ses yeux s'habituèrent à la clarté, il distingua une femme penchée sur son saxophone. Elle faisait corps avec son instrument tandis que de longs dreadlocks menaçants ondulaient autour de son visage. Les notes puissantes qu'elle égrenait le firent frissonner.

Paul s'allongea sur un banc à quelques mètres de l'artiste et ferma les yeux pour s'imprégner pleinement de toutes les sonorités colorées et graves de ce blues noir américain. Transporté par la musique, le temps fut suspendu. Chaque parcelle de son long corps étendu s'abandonna progressivement. Le rythme de sa respiration se cala sur le tempo. Il se laissa bercer, cajoler par un swing lascif puis fut embarqué dans un exaltant crescendo. Lorsqu'elle s'arrêta de jouer, il rouvrit doucement les yeux et revint progressivement à la réalité. La musicienne rassemblait ses affaires, elle rangeait délicatement son saxophone dans son étui. Il ne vit pas la moindre partition et il était certain qu'il venait d'assister à son inspiration matinale. Un moment de grâce, un ravissement ! Il fut soudain paniqué par son départ. Il ne pouvait pas la retenir, il allait la suivre...

La saxophoniste marchait à grandes enjambées, il avait peur de la perdre. Quand elle arriva à la fontaine Bethesda, l'esplanade était peuplée de touristes et de New-Yorkais, et elle disparut soudainement. Le regard de Paul s'affola. Il butina chaque scénette du décor de manière désordonnée, quand il se posa enfin sur l'étui de l'instrument. Le jeune homme se remit en marche, courant presque pour la rattraper.

Elle se dirigeait vers le sud, privilégiant les petits sentiers tortueux. Il lui devenait difficile de la suivre discrètement, tant elle faisait preuve d'agilité et parce qu'il n'y avait quasiment aucun promeneur dans cette partie du parc. Ils progressaient dans la Grosse Pomme en pleine forêt. Ils passèrent près d'une cascade et le jeune musicien fut émerveillé par cette toile enchanteresse, surnaturelle... Il laissa alors un peu plus de distance entre eux et au détour d'un bosquet, elle se volatilisa. Il accéléra le pas, tourna à plusieurs reprises au hasard des chemins puis déboucha dans un secteur plus animé. Il fit une pause et scruta son nouveau décor. Un carrousel tournait diffusant une musique joyeuse teintée de rires d'enfants. Soudain il l'aperçut attablée devant un kiosque. Deux grands gobelets étaient disposés sur la table mais elle était seule.

La femme leva la tête et écarta d'un long doigt une tresse qui barrait son visage. Elle le fixa avant de l'inviter à la rejoindre d'un geste de la main. Stupéfait, il s'approcha, craintif, presque apeuré. Cette créature l'impressionnait. Elle était sublime. Elle avait un corps sculptural et d'immenses mains. Sa tenue soyeuse aux couleurs rougeoyantes rehaussait la noirceur de sa peau. Ses longues jambes fines se dessinaient sous le tissu tendu de sa jupe et l'échancrure de son chemisier laissait entrevoir la naissance d'une poitrine généreuse. Lorsqu'elle lui sourit, il fut parcouru d'un frisson d'excitation mêlé d'angoisse. Elle dégageait une sensualité animale. Paul baissa le regard, il lui semblait inconvenant de dévisager ainsi une inconnue. Elle rapprocha le grand café de la chaise vide qui lui faisait face.

Il s'assit et rompit le silence. Il évoqua ce qu'il avait ressenti ce matin, ce déferlement d'émotions qui l'avait traversé en les écoutant, elle et son saxophone. Puis il lui livra ses frustrations d'artisan aspirant à devenir artiste, ses rêves de métamorphose de chenille en papillon. Quand il eut terminé son long monologue, il se sentit gêné. Comment avait-il pu se livrer ainsi à une étrangère ? Certes la qualité d'écoute de la musicienne l'avait poussé à la confidence mais il eut soudainement honte et s'excusa prestement de son audace. Elle le regarda avec une intensité troublante, un regard mêlé de curiosité et d'envie. Enfin, elle l'invita à la suivre.

Ils se dirigèrent vers Heckscher Ballfields et s'arrêtèrent près d'un des grands terrains de baseball. Ils observèrent les joueurs. Ces grands syrphes, parés de leurs tenues rayées, évoluaient dans un discret bourdonnement, tantôt en vol stationnaire tantôt en accélération brutale. Un batteur assis au bord du terrain vint saluer la femme avec une déférence obséquieuse mettant Paul très mal à l'aise. Ce dernier se figea lorsqu'elle leur suggéra à tous deux de faire quelques lancers. Pourtant il entra penaud sur le terrain. Il n'avait jamais tenu une batte de baseball et son grand corps malhabile l'encombrait. Le joueur était en position à une vingtaine de mètres de lui masquant la balle avec son gant. La vitesse de cette dernière fut fulgurante et le prit de court. Il n'eut même pas le temps d'amorcer son geste. La scène se répéta plusieurs fois avant qu'il ne donne son premier coup de batte fouettant l'air mais manquant la balle. Lancer après lancer, son geste prit de l'aisance, de l'ampleur, de la précision. Après une demi-heure d'essai, il cognait la balle avec fureur, expulsant ses complexes. Quand la séance prit fin, il se sentit léger, apaisé, il rejoignit la femme et la remercia. Il eut le sentiment étrange d'avoir laissé une parcelle de lui-même sur ce terrain, une mue...

Elle lui proposa de la suivre de nouveau. Il ne posa aucune question et lui emboîta le pas. Ils sortirent de Central Park et s'engouffrèrent dans une bouche de métro pour ressortir dans un quartier de Harlem. Ils avaient traversé plusieurs blocks quand la musicienne s'immobilisa devant une église corinthienne. À l'intérieur, l'édifice grouillait de monde, la messe allait commencer. Elle attrapa la main du jeune homme et se fraya un chemin dans cet essaim vrombissant. Il fut chamboulé par ce contact physique. Électrisé, il luttait pour rester calme, naturel. Ils prirent enfin place sur un banc et le show commença. La musique s'éleva et quand le prêtre entra sur scène, ce fut l'ovation. Les fidèles se levèrent et frappèrent dans leurs mains au rythme d'un gospel déchaîné. L'homme d'église, souverain dans sa ruche, galvanisait ses loyaux ouvriers en transe. Paul n'avait jamais ressenti une telle énergie se diffuser, une telle synergie. Tous communiaient entre eux. Il se sentait bien, heureux, vivant, il faisait partie d'un tout. Lorsqu'ils ressortirent de l'église, il était grandi, gorgé d'une vitalité nouvelle. Sans détour, la saxophoniste lui proposa de le retrouver au Latrodectus jazz à 18 h. Elle lui tendit une enveloppe et s'enfuit.

À 17 h, il était prêt à la retrouver. Il remontait la 27e rue lorsqu'il tomba sur le club. Il s'approcha timidement. Deux grands types en costume noir, tels des coléoptères géants, géraient les entrées. Il présenta le carton trouvé dans l'enveloppe à l'un des videurs, qui le scruta des pieds à la tête. Après quelques secondes interminables, le scarabée se fendit d'un grand sourire carnassier et lui tendit la main. Le jeune pianiste sentit ses os se broyer puis le suivit docilement. Ils traversèrent un long couloir sombre, passèrent devant une petite hôtesse tapie derrière son comptoir et pénétrèrent dans le saint des saints, la salle de concert. L'ambiance était tamisée, l'homme l'escorta jusqu'à une table tout près de la scène et disparut.

Paul tenta de se détendre et observa autour de lui...
Sur scène, un piano, un saxophone et une batterie patientaient devant un grand mur rouge capitonné. Dans

le parterre, des couples semblables à des sphinx-colibris sirotaient leurs cocktails colorés autour de petites tables. Au fond de la salle, des groupes d'amis assis sur de larges banquettes craquetaient joyeusement. Il décida de commander un New York Sour pour se donner une contenance. Le concert allait commencer et elle n'était toujours pas là. Déçu, il avala son verre et en commanda un second. La lumière s'éteignit quelques instants, le silence se fit et la scène se ralluma. Les artistes étaient installés et furent accueillis par une salve d'applaudissements et de stridulations…

Elle était là avec son saxophone, au centre de la scène et des musiciens. Dès les premières notes, les frissons parcoururent de nouveau tout son corps et un déferlement d'émotions le submergea. Le son le transportait mais tous ses sens étaient en émoi car il ne pouvait détacher ses yeux de la femme. Elle était éblouissante, hypnotique. Il vibrait avec elle, il la désirait… À la fin du concert, elle s'approcha du bord de la scène pour un solo époustouflant puis elle lui tendit la main l'invitant à monter. Paul fut déconcerté mais sous les applaudissements des spectateurs, il n'eut d'autre choix que de la rejoindre. Le pianiste lui céda sa place avec un sourire de connivence.

Face au piano, riche de ses expériences de la journée et galvanisé par son attirance naissante, il se libéra. Dans un moment de grâce totale, il perdit tout contrôle et exécuta un bœuf endiablé avec les musiciens. Il vivait enfin pleinement sa musique, il avait fait exploser sa chrysalide, il était un artiste… il volait de ses propres ailes frôlant le public enthousiaste. À la fin du show, les spectateurs applaudirent à tout rompre. Réintégrant son corps, il leva les yeux vers elle, un regard empli de dévotion.

Lorsqu'elle l'avait aperçu ce matin, elle avait su d'instinct que ce serait facile... elle n'aurait peut-être même rien à faire cette fois pour l'attirer dans sa toile. Elle l'avait observé à son insu alors qu'il était immergé dans son univers musical. Elle l'avait baigné, dorloté, caressé puis elle l'avait stimulé, enjoué, électrisé. Elle l'avait ferré. À chaque étape, elle avait perçu son trouble grandissant. Elle avait pris un temps infini à ranger son instrument laissant germer la graine semée dans son esprit. À la fontaine Bethesda, elle s'était embusquée à l'ombre d'un pilastre. À l'affût de sa proie, elle avait savouré son affolement, goûté sa peur avant de reprendre la fuite, le sachant dans son sillon. Puis elle l'avait accueilli, écouté, nourri. Elle l'avait guidé jusqu'au stade imaginal. Il avait suivi docilement le fil invisible qu'elle avait tissé patiemment. Sa métamorphose était maintenant complète, il était prêt...

Après le dernier rappel, elle lui prit la main et l'attira dans sa loge. La porte se referma alors sur son antre. Elle se jeta sans préambule sur lui et l'embrassa fougueusement. Ils roulèrent rapidement à terre, se déshabillant mutuellement brûlant de désir. Cambré entre ses reins, Paul jouit avec une intensité démesurée quand il sentit subitement une douleur foudroyante irradier sa poitrine. Il rouvrit alors les yeux et découvrit avec horreur les deux poignards plantés dans son torse tels les crochets sortis de la gueule béante de la veuve noire. La mort se diffusait déjà dans tout son corps, il n'allait pas tarder à être dévoré...

À l'issue de la métamorphose, la chrysalide s'est transformée en papillon adulte. Cet être fragile a souvent une vie de courte durée, de un ou deux jours à quelques semaines (...) Et les prédateurs sont nombreux... Encyclopédie Larousse (extrait de La vie éphémère du papillon)

FUITE

Maryse Schellenberger

Toute la nuit il y avait eu des bruits insolites autour de la maison. Les parents d'Anne-Sophie, ultra-rigides sur les horaires et peu enclins à la discussion l'avait expédiée au lit comme d'habitude à 20 heures. Et comme d'habitude, elle avait discrètement allumé sa lampe de poche sous les draps pour lire un moment. Et comme d'habitude elle s'était endormie sur les pages.

Et là, blottie au fond de son lit, elle tendait l'oreille pour déchiffrer les sons inhabituels de la maison. Il y avait eu ce grand coup de sonnette qui l'avait surprise au fond de ses rêves. Puis elle avait entrevu les lueurs intermittentes qui éclairaient les persiennes, puis ces voix qui murmuraient et finalement ce grand silence, celui qui précède les catastrophes.

Et puis encore des voitures qui arrivaient, des portières qui claquaient, des voix graves ou aiguës qui chuchotaient ou grondaient.

Elle sentait approcher le malheur.

Pour une fois, elle aurait voulu remonter le temps... 20 h, papa, maman, je dors, plus jamais je ne lirai en douce, c'est promis, mais venez me voir et dites-moi que tout va bien.

La vie est parfois bien cruelle et cette nuit-là et toutes les nuits et les jours qui ont suivi, Anne-Sophie ne vit plus jamais son papa.

Il était reparti au travail et une balle de 7,65 l'avait effacé du monde des vivants. Adieu les câlins, les bisous et les histoires du soir, Anne-Sophie ne serait plus jamais la même.

Et comme les héros d'Alexandre Dumas, elle est là 20 ans après. Le monde a continué de tourner et elle a dû continuer à vivre. Ses rêves l'ont aidé à mettre des couleurs dans ce destin cruel. Rien n'a jamais été simple. Il n'est pas facile d'être la fille dont le papa a été tué par un voyou, lors d'une opération de police. Dans sa tête, elle a grandi plus vite que les autres. Elle est une combattante et une survivante. La vie nous prend ceux qu'on aime et nous laisse là, le cœur au bord des larmes. Alors, elle a mis son chagrin sous clé et l'a enfermé derrière d'immenses murailles. Elle a cheminé sur des sentiers tortueux. Finalement, elle a choisi de vivre en compagnie du bonheur et se fabriquer un monde dans lequel les emmerdes n'ont pas de prise. Elle est l'éternelle optimiste qui ne veut voir que le côté positif des choses, le verre à moitié plein. Elle hausse les épaules avec désinvolture quand on tente de lui prouver que tout n'est pas merveilleux. Elle n'a pas voulu suivre le chemin tracé par le passé familial. Flic de père en fils c'est bien, de père en fille, ça ne lui convenait pas. Elle n'a pas pris la fuite, mais elle a choisi une tout autre vie. Ça n'a pas été simple. Elle a dû convaincre sa mère, ses professeurs. Elle a passé des heures à plancher sur ses cours et à faire des travaux pratiques. Elle a obtenu son diplôme haut la main.

Au final, elle fait ce qu'elle avait envie de faire et soutient ses semblables dans leurs problèmes quotidiens. Elle a joué des coudes pour creuser sa place dans un monde professionnel essentiellement masculin. Comme son père avant elle a pu le faire, elle patauge parfois dans la fange. Et de temps à autre on entend « putain de fuite !! Quelle merde !! »

Anne-Sophie, plombier diplômée, s'est exprimée.

L'ÉCHANTILLON
Maloue Allais-Wolff

Toute la nuit j'ai rêvé d'éléphants. J'aime aller les voir se baigner. Ils avancent en groupe vers le point d'eau proche de mon village africain construit à l'orée de la savane. Ils s'aspergent à l'aide de leurs trompes. Les mères montrent l'exemple à leurs petits avec nonchalance. Sous le soleil couchant je les admire et chaque jour m'enhardissant un peu plus, je m'avance vers eux.

Un soir, alors qu'en tendant la main j'aurais pu les toucher, un éléphanteau, manquant de dextérité, dirigea le jet de sa trompe sur moi. Je ne sais s'il le fit par espièglerie, mais le résultat fut qu'il me força à sourire irrésistiblement. Cela n'était pas arrivé depuis longtemps tant j'avais le cœur lourd d'avoir perdu ma sœur !

Un lien s'est créé entre nous ce jour-là. Lorsque je le rencontre de loin en loin, je sais le reconnaître. Il me plait d'imaginer, à la façon qu'il a de me regarder, que lui aussi se rappelle qui je suis.

Mon village est situé dans une région sèche et tous les tons de bruns y sont regroupés. Du foncé des toits de nos huttes au blond du sol en passant par le marron clair des troncs de baobabs contre lesquels j'aime m'appuyer pour en puiser l'énergie. L'air est saturé de poussière que nous voyons voler sous le soleil. Lorsqu'il pleut nous courons nous placer sous cette manne que des Dieux compatissants nous envoient parfois et nous recevons sur nos lèvres les gouttes rafraichissantes de l'eau bienfaitrice. La savane que les hommes parcourent chaque jour pour chasser notre nourriture, ne nous procure pas vraiment la fraîcheur qui nous manque.

Ma peine est toujours présente. Djali c'est ma confidente, mon amie, le réceptacle de mes rêves et de mes espoirs, de mes drames aussi. Avec elle c'était le partage des rires, des peines et des corvées journalières. Elle n'est pas morte. Elle vit dans la case que son mari a construite pour elle voici 5 ans dans un village voisin à seulement 80 km du mien. Mais la distance, dans nos contrées, prend de suite des proportions gigantesques. L'éloignement est si difficile à supporter. J'ai l'impression que des années-lumière nous séparent dorénavant.

Dans six mois j'entreprendrai le voyage à pied pour aller l'assister à la naissance de son troisième enfant. Peut-être alors le fil de notre connivence ancienne se retendra-t-il ? Peut-être le dialogue interrompu se rétablira-t-il ? Elle me confiera sa joie d'avoir enfanté. Elle partagera avec moi son expérience de femme. Ma peine s'allègera et j'emporterai, nichées au fond de mon être, des éclaboussures de bonheur.

Je sais bien que nos deux cœurs restent et resteront à jamais ouverts l'un pour l'autre.

Pourquoi alors cette angoisse permanente de la perdre ? Dans mon pays nous prenons très au sérieux les présages, bons ou mauvais. Un corbeau qui se pose devant notre hutte, la lune qui se cache derrière un nuage noir, etc. Rien n'est anodin. Je suis donc inquiète.

Le temps se dilue vite au rythme des tâches quotidiennes. Le moment est enfin arrivé de me mettre en route pour aller chez Djali et Yango accueillir le fruit de leur amour.

Les retrouvailles entre nous sont un instant de pure joie mutuelle. Nous retrouvons nos automatismes de travail ensemble. Nous avons 2 ans de confidences à rattraper. Sa délivrance est proche et nous avons beaucoup de préparatifs à entreprendre.

Enfin son petit bout d'homme arrive. Pendant trois jours la fête au village va battre son plein avec dans tous les cœurs beaucoup de félicité. Les rituels s'enchaînent et Boudour, mon neveu, commence son existence dans sa tribu sous les meilleurs auspices.

Les jours s'écoulent paisibles autour de ce bébé qui nous émerveille. Je vis cette période comme une source vive de bonheur.

Puis hélas mon séjour chez elle s'achève. Comme je l'espérais ce furent des moments intenses de partage et de connivence retrouvés mais le temps est venu pour moi de prendre le chemin du retour vers ma propre vie.

Que cette piste est longue !!! Déjà six heures que je marche pour rejoindre mon village. J'ai laissé ma sœur avec son nouveau-né et j'ai fait moisson de souvenirs heureux. Ma solitude, comme une compagne fidèle, m'enveloppe et m'étreint à nouveau. Aujourd'hui pas d'éléphanteau pour me faire sourire !

Le soleil écrasant m'assomme littéralement. La chaleur ralentit considérablement ma progression. Devant moi, rien que la savane et pour me tenir compagnie les mille et un bruits de la nature environnante. La savane, hors des idées reçues, c'est aussi toute une palette de couleur, c'est pourquoi je ne le remarque pas tout de suite, fondu qu'il est dans tous ces ocres.

Tel un caméléon il se tient là, comme égaré et seul. De loin je ne distingue pas encore la forme ovoïde de sa tête, ni surtout la couleur irisée de sa peau. En me rapprochant de lui je crois être victime d'hallucinations. Cette impression atteint son comble lorsqu'il parle pour me saluer. Sa voix très grave et gutturale me donne des frissons dans le dos. Je n'ai jamais, à n'en pas douter, rencontré un être de la sorte !

Pourtant je prends immédiatement conscience de sa beauté froide mais oh combien envoutante. Alors qu'il me demande si je l'autorise à cheminer près de moi, je me surprends à accepter, ne voyant pas, de toute façon, comment refuser. Je me sens étonnamment heureuse de sa compagnie qui desserre un peu l'étau de mon chagrin.

Malgré la frayeur qu'il m'inspire, je marche donc à ses côtés. La curiosité, il est vrai, y est pour beaucoup ! Elle est de toute évidence réciproque. Je m'en rends compte aux innombrables questions qu'il me pose. Il est avide de comprendre qui je suis, comment je vis, pourquoi ma peau est noire et tant d'autres choses ! Par contre il est réticent pour me parler de lui et la plupart de mes nombreuses interrogations restent sans réponse. Ce n'est pas faute, pourtant, d'essayer de percer le mystère de sa présence en ce lieu inhabité et de l'étrangeté de son apparence. Il esquive avec habileté mes questions. Je lui confie que ma sœur vient d'accoucher de son troisième enfant et je le vois si abasourdi qu'il se sent obligé de m'avouer que de là d'où il vient l'homme naît de la matière. J'en conclus qu'il doit, en plus de sa disgrâce physique, souffrir d'un déséquilibre mental notable. Cela augmente considérablement mon malaise.

Il est dans ma nature, et je pense que c'est une forme de sagesse, de ne pas me laisser submerger par les événements. Je prends donc le parti de passer outre mes réticences et de l'accepter tel qu'il est. Nous poursuivons notre route jusqu'au coucher du soleil. Alors que mon étrange compagnon s'éloigne pour aller chercher du bois, j'aperçois un troupeau d'éléphants et je reconnais mon éléphanteau. Sa présence à cet instant précis et son regard appuyé me paraissent prémonitoires. Je chasse très vite cette idée absurde de mon esprit. Après avoir installé nos hamacs nous nous couchons et je laisse mes rêves de différences et d'ailleurs m'emporter enfin dans l'oubli et le repos.

Dès les premières lueurs de l'aube je m'éveille en proie à une sensation étrange. Je tourne les yeux vers l'endroit où l'homme de la veille a suspendu sa couche et suis soulagée de constater qu'il dort encore profondément. Je veux me lever doucement dans l'idée, je l'avoue, de lui fausser compagnie discrètement, mais mes jambes refusent de m'obéir. Après plusieurs essais infructueux l'effroi commence à s'emparer de moi. Je regarde d'un peu plus près ce qui m'empêche de me mettre debout et je vois, horrifiée, que des cristaux se sont formés et ont durci sur la plupart de mes articulations. Des paillettes irisées recouvrent peu à peu mon corps. La réalité m'échappe. Mon sens rationnel mis largement en défaut, je refuse l'inexplicable. Je veux trouver une signification cartésienne à ce qui m'arrive. En vain. Tout d'un coup, dans un sursaut de lucidité, je comprends ! Je tourne les yeux vers l'étrange créature qui me regarde d'un air malicieux ou narquois, un peu comme mon éléphanteau lors de notre première rencontre.

En observant le troupeau se désaltérer au loin, je m'aperçois alors que mon ami n'est plus parmi eux. Est-il finalement mon alter ego ?

Avant de perdre à jamais mon "moi" intrinsèque, j'ai le temps d'entendre la créature murmurer :

J'avais besoin de ramener un échantillon de ton espèce chez moi. Je te métamorphose en verre pour mieux te conserver !

RÉSURGENCE
Fabienne Jomard

Toute la nuit elles avaient marché. Sans relâche, les pieds meurtris, les vêtements boueux. Sa sœur devant et elle derrière. Tenaillées par le froid et la peur de se perdre, elles avaient tenté de rejoindre le village. Au début, sa sœur avait fait celle qui maîtrise la situation. « Mais si, tu verras, il nous attendra sûrement au bout du chemin, il ne peut pas nous laisser tomber comme ça en pleine nuit ».

Mais elle, elle ne voulait surtout pas qu'il les attende. Surtout ne pas remonter dans la voiture de ce... de ce... de ce monstre ! Non, elle préférait encore affronter la forêt, la nuit, le froid. « Tu aurais quand même pu être plus gentille avec lui, aussi... On n'en serait pas là ! »

La petite accueillit la remarque sans broncher parce que les sanglots l'étranglaient, l'empêchant de répondre. Dans sa tête se bousculaient les images de la soirée et, comme absente à tout ce qui l'entourait, à l'ombre poisseuse du sous-bois, à la lueur fade de la lune, elle s'absorba dans ses réflexions :

Et pourquoi je me fais gronder en plus ? C'est vrai que j'aurais dû obéir aux parents, ils me l'avaient dit, tu restes à la maison... même si ta sœur sort. Mais quand je lui ai demandé de m'emmener, Laetitia, elle était d'accord, elle était même toute contente, « Je vais te présenter mon copain », elle a dit. Moi je l'ai trouvé gentil son copain au début, il était cool, il nous a payé des tours de manège. Il est même monté avec nous dans l'autotamponneuse. On rigolait bien. Il me regardait avec ses yeux tout drôles, un bleu et un marron... ça me faisait bizarre, j'avais jamais vu des yeux comme ça. Là où j'ai eu un peu peur, c'est quand il nous a dit de monter dans sa voiture, parce que maman et papa, ils m'ont toujours défendu de monter dans la voiture d'un inconnu, mais bon... c'est quand même le copain de Laeti... Mais après, quand il a arrêté la voiture dans les bois, moi je voulais plus, je voulais descendre, je sais pas pourquoi il a fait ça. Laeti, elle avait l'air d'accord mais moi, je voulais pas qu'il me touche comme ça ! Sa main, ses doigts... Non, non, non ! Et quand j'ai commencé à crier et que je l'ai frappé avec mon téléphone, je crois qu'il a saigné, et après, il nous a regardées avec ses yeux de fou et il a hurlé sur Laeti : « Descendez de là, toi et ta conne de sœur ! » Et maintenant, qu'est-ce qu'on va faire ? Et les parents ? Ils rentrent demain. Il faudrait leur dire mais, je ne sais pas, elle va être encore plus fâchée contre moi, Laeti...

Cette nuit-là, Gaëlle avait senti confusément que c'était fini, finie la complicité avec sa sœur, jamais plus elle ne pourrait lui faire confiance, finie l'enfance ?

Oublier cette sale histoire, c'est ce qu'elle s'était appliquée à faire depuis cette funeste soirée. Ne rien raconter, ni aux parents, ni à ses meilleures copines, elle aurait eu trop honte... Ne plus jamais évoquer cet horrible épisode. Sa sœur et elle, unies par un même désir d'oubli, y étaient parvenues sans se consulter.

Dans trois jours, Gaëlle aura vingt ans. Cela fait combien ? Dix ans qu'elle a enfoui cette histoire, et deux ans, peut-être même plus, qu'elle n'a pas revu Laetitia. Peu de temps après avoir quitté la maison pour aller travailler en ville, celle-ci s'est brouillée avec ses parents et n'est plus jamais revenue. Les deux sœurs se sont trouvées séparées, chacune gardant sa part du secret... Un jour, par une cousine, Gaëlle a appris que Laetitia venait d'avoir un bébé. Elle s'est procuré son adresse et brusquement, sans trop réfléchir, elle décide de lui rendre visite. La voilà devant la porte de l'appartement. Elle sonne. Elle n'a pas annoncé sa venue. Ses mains sont moites. Sa sœur est peut-être sortie ? Voilà qu'elle le souhaite. Mais non, la porte s'ouvre et c'est elle, c'est Laeti, les cheveux défaits, la mine lasse, c'est bien sa voix qui laisse tomber : « Entre. » Comme si elles s'étaient quittées la veille.

Dans le petit salon, un berceau. Dans le berceau un nourrisson dort, perdu dans sa nuit. Ses mains minuscules s'agitent légèrement, de temps en temps un de ses doigts se lève dans un soubresaut saccadé.

« C'est un garçon. Il s'appelle Morgan. »

Gaëlle n'ose pas poser de questions. Est-ce qu'elle vit seule ? Qui est le père ? Pourquoi n'a-t-elle pas eu envie de la contacter, au moins pour lui annoncer l'événement ?

Mais voilà que le bébé s'agite et commence à pleurer. Sa sœur se penche, saisit l'enfant et demande : « Tiens-le-moi cinq minutes, tu veux ? Le temps que je prépare le biberon ». Gaëlle le prend dans ses bras. Le petit être agite ses jambes et arque son corps en criant. Quoi faire ? Gaëlle arpente le salon en chantonnant, comme elle l'a vu faire parfois. Le petit hurle de plus belle en raidissant ses membres. Son visage crispé n'est plus qu'une bouche béante. Ses yeux sont réduits à une mince fente boursoufflée. Soudain, au paroxysme de la crise, il s'apaise brusquement. C'est étrange, il a cessé de pleurer. Plus aucun son ne sort de sa bouche. Ses yeux, maintenant grands ouverts, sont fixés sur Gaëlle. Elle s'immobilise, saisie par une sensation bizarre, comme frôlée par un souffle glacé. Ce n'est qu'à cet instant qu'elle les voit. Un œil bleu et un œil marron.

TOUT FEU TOUT FLAMME
Nathalie Marchi

« Pauvre clown !... tu n'es qu'un pauvre clown » lui avait-elle craché au visage avant de claquer violemment la porte derrière elle.

Il était d'abord resté ahuri dans son hall d'entrée, sonné comme un boxeur après un uppercut. Puis il s'était remis en mouvement progressivement. Il avait tourné en rond dans son petit appartement. Il avait donné quelques coups de poing dans des coussins, d'abord mollement puis de plus en plus rageusement jusqu'à les saccager. Il avait alors brusquement cessé de frapper. La tête entre les mains, il s'était recroquevillé en position fœtale sur le canapé et avait sangloté longuement. Il songeait qu'elle avait peut-être raison. Il n'était peut-être qu'un pantin qui n'avait jamais su prendre sa vie en main. Il doutait de ses choix, il doutait de lui-même... Il s'était relevé et s'était servi un verre de whisky, il en avait besoin. Il avait 30 ans, passait de contrat en contrat à la petite semaine, de femme en femme, de ville en ville... Jamais rien de stable, de suivi. Il s'était resservi un verre, deux, trois... Pourquoi tout engagement, tout ancrage dans la vie réelle lui faisait-il aussi peur ? Pourquoi fuyait-il à ce point la vie rangée des autres ? Il aurait pu devenir celui qu'elle souhaitait. Des opportunités s'étaient présentées mais il les avait systématiquement refusées. Il voulait être libre, être différent. Il ne voulait pas de leur moule, de leurs contraintes mais ce soir, veille du réveillon de Noël, il était seul, sans le sou et terriblement déprimé. « Vie de bohème, vie de merde... » songeait-il. Il avala son sixième verre... Sa vue se brouilla et dans son esprit confus naquit une certitude. Il était un clown, un saltimbanque, mais il jouerait la représentation de sa vie, on se souviendrait de lui...

Il se leva en titubant et ouvrit la grande malle. Il s'installa devant sa coiffeuse, étala le fard blanc, maquilla ses yeux, élargit son sourire, fixa sa perruque et enfin son nez rouge. Il se leva les jambes flageolantes, enfila son costume coloré et ses chaussures démesurées. Il déverrouilla un second coffre contenant une multitude d'accessoires improbables. Il se saisit d'un chapeau ridiculement petit et d'un pistolet doré. Il s'approcha de la psyché et observa ce clown sinistre et dévasté qui le scrutait. Une nouvelle vague de colère l'inonda. Soudain il fit volte-face, avala un dernier verre et sortit par la porte de derrière, pénétrant dans la nuit glacée de l'hiver.

Il arpenta les rues piétonnes d'un pas furieux, apostrophant les passants apeurés. « Bande de sales petits bourgeois ! » bougonnait-il. Les hommes serraient un peu plus fort la main de leur femme tout en les pressant contre eux pour accélérer leur fuite. Les mères se précipitaient sur leurs enfants pour les mettre à l'abri de ce perturbateur de rue. « Moutons de Panurge » éructait-il à leur encontre. Plus tard, il s'improvisa une tribune haranguant les malheureux badauds terrifiés. Il reprit ensuite son chemin toujours mû par la même fureur jusqu'à ce qu'il perçoive un air familier...

La musique d'abord étouffée devint plus présente au fur et à mesure qu'il s'approchait. C'était une musique de cirque, une musique de foire, une musique fellinienne ! Il s'immobilisa, ferma les yeux et se laissa enivrer par les sonorités joyeuses et métalliques. Il s'inventa un décor, une parade féerique envahit l'espace. Des jongleurs, des danseurs, des cracheurs de feu, des femmes à barbe le frôlèrent tour à tour, des éléphants richement parés défilèrent... tous tournoyaient autour de lui en une nuée multicolore. Il releva les paupières projetant instantanément le film de son imaginaire sur la réalité de la rue. Il se remit en route happé par la musique et déboucha sur la grand-place. Une fête foraine y était installée pour la période de Noël. Une foule bigarrée se mêla à ses personnages fictifs. Les attractions colorées des forains en perpétuel mouvement virevoltaient comme des essaims. D'innombrables guirlandes lumineuses scintillaient accentuant la féérie du lieu. Des odeurs de pomme d'amour, de churros et de vin chaud flottaient dans l'air. Il était dans son univers. Dans ce cadre onirique, son spectacle pouvait commencer…

Dans un geste théâtral, le clown sortit son arme et la braqua au hasard dans la foule. Des cris s'élevèrent et tous les yeux convergèrent vers lui. Il était enfin dans la lumière, au centre de son royaume…

Il esquissa quelques pas de danse maladroits et trébucha. Quelques rires fusèrent. Il fit des moulinets avec son pistolet à la manière de Charlie Chaplin avec sa canne et il salua de son chapeau son public leur adressant un sourire goguenard. Il avait capté l'attention des spectateurs. Il tira alors le morceau de tissu qui dépassait de la pochette de son costume. Un mouchoir fleuri d'une longueur infinie jaillit accompagné d'une fine poudre rosée et scintillante, qui voleta dans les airs. Il huma le nuage pailleté avec des mimiques burlesques. Il feignit d'éternuer puis de se moucher dans un bruit de trompette, quand soudain il fit prestement disparaître l'étoffe. Quelques timides applaudissements retentirent. À grandes enjambées ridicules, il s'approcha d'un immense lampadaire relié à un autre par une cascade de guirlandes lumineuses. Il tenta de s'y hisser, chutant sans cesse. L'hilarité envahissait progressivement les spectateurs tant sa gestuelle était grotesque. Il quitta ses chaussures en gesticulant et en secouant tour à tour chacun de ses pieds. En chaussettes dépareillées, il amorça son ascension avec une surprenante agilité contrastant avec son allure dégingandée et son état d'ébriété avancé. Des acclamations d'encouragement l'accompagnèrent dans sa progression.

Au sommet de son mât, il tangua dangereusement, ébaucha quelques chutes rattrapées in extremis. L'assemblée frissonnait. Alors, il entreprit de traverser les airs via le ruban lumineux qui s'étalait devant lui. Lorsqu'il posa le pied sur le câble, la foule retint son souffle. Tel un funambule, il avança pas à pas, les bras en balancier. Le public vibrait, l'artiste était à son apogée. Il salua sous les applaudissements puis retourna son arme contre sa tempe et tira…

Une détonation retentit dans le brouhaha et la musique. Une petite flamme ridicule jaillit de son pistolet enflammant instantanément sa perruque. Il perdit alors l'équilibre, la foule hurla et une pluie de comètes lumineuses suivit l'homme dans sa chute mortelle !

Passé la stupeur, une rumeur parcourut les spectateurs « Pauvre clown… »

LARGUÉ

Maryse Schellenberger

Une fois de plus, la vie l'avait largué. On ne choisit pas où l'on naît, mais il avait cumulé tous les handicaps dès le départ. Il était le fruit d'une rencontre de hasard entre deux êtres qui n'avaient surtout pas envie de s'encombrer de lui. Sa mère l'avait pourtant gardé et ajouté à la liste de ses enfants.

Il ne comptait plus depuis longtemps le nombre de tontons et de beaux-pères qui avaient défilé dans sa courte vie.

La tribu tout entière survivait. Pour une fois, ils avaient trouvé un peu de stabilité dans cette petite bourgade. Les apparts avaient cessé de défiler aussi vite que les hommes. Toute la famille respirait un peu mieux. Sauf lui.

Il se sentait à l'étroit dans cette chambre avec son frère, mais il n'avait qu'à tourner les yeux vers la fenêtre et l'horizon s'ouvrait à lui. Il osait croire que cette immense statue de Vierge le protégeait.

Dans la cité, il avait beau circuler tête baissée, il s'était fait alpaguer par cette bande de nuls qui se prenaient pour des caïds. Au début, ça l'avait flatté, lui, le petit morveux, les grands frères avaient besoin de lui. Ils avaient tissé leur toile et quand il avait voulu en sortir, il y avait eu les menaces, d'abord voilées, puis très précises

« Si tu tiens à ta vieille et à tes frangines, fais ce qu'on te dit, sinon elles vont morfler ».

Il allait quand même toujours au lycée mais en cours, son esprit s'évadait de plus en plus souvent à la recherche de solutions. Les quelques bonnes notes qu'il avait ont dégringolé.

Finalement, un jour désespérant il a craqué.

Franck, ancien de cette cité, devenu éducateur, a su écrouler ses murailles et est arrivé à le faire parler. Maxime a tout déballé : sa vie d'avant, la pression de la cité, les petits trafics auxquels il est obligé de se livrer. Il sait qu'il n'entre pas dans cette catégorie-là. Il veut avancer, étudier, voyager, devenir quelqu'un. Peut-être les gènes d'un père qu'il ne connaît pas.

Et Franck va l'aider, lui tendre la main qui le sortira des profondeurs de ce puits dans lequel il est tombé. Son niveau scolaire n'est pas si désespérant et sous couvert de travaux punitifs, Franck va le faire travailler pour se remettre à niveau. Maxime ne balaie pas les sols mais les programmes de maths et de sciences qu'il avait largement négligés

Dans le même temps, Franck va aussi le coacher pour développer les biceps qui lui font défaut. Le regard que les professeurs posent sur lui a changé. Ils sont prêts et décidés à soutenir ce garçon qui tente de se forger un autre destin. Ils ont conscience de ses efforts pour passer à travers les orages de la vie. Lui, se prend à espérer. Pour la première fois il ressent l'alignement des planètes. C'est arrivé : le bon timing, les bonnes choses, les bonnes personnes au bon moment. Peu à peu, la sérénité revient. Il a appris à se faufiler toujours discrètement au travers des immeubles. Il travaille de mieux en mieux à l'école, se distingue au-dessus du lot, et pour la bande, il devient l'intello.

Peu à peu, il comprend qu'avec les mots il prend l'ascendant sur la peur qui le paralysait et qu'avec les livres le monde s'ouvre à lui.

Il s'imagine une belle vie, loin de ce quotidien qui l'étouffe. Ses rêves l'aident à mettre de la couleur dans son monde.

Mais dans les cités, une étincelle, et tout peut basculer. Dans le chaos ambiant les tensions montent peu à peu. Comme souvent, une douzaine d'individus interfèrent dans la tranquillité d'une centaine d'autres. Le soir, chacun rentre le plus rapidement possible se cacher dans son logement, même s'il est miteux. Quelques voitures flambent qui feront gravement défaut à leurs propriétaires. La cité retient son souffle pour tenter de retarder l'explosion de violence qui menace. Chacun sent que l'équilibre est précaire et que le quartier est au bord de la rupture. Et le pire arrive. Pour un morceau de rue où est venu dealer une kaïra de la cité voisine, les couteaux sont sortis.

Savent-ils seulement que la mort est au bout de leur lame ?

La fille, la sœur, l'amie de gens qu'ils n'ont jamais vus est morte ce soir, sur le bord d'un trottoir, sans même savoir pourquoi. Simplement, elle était là et sans aucune réelle raison, sa vie a été effacée. Les coupables fanfaronnent, mais les langues discrètement se délient, des noms circulent et se déposent dans les bonnes oreilles.

D'une pierre, deux coups, la police prévoit une descente pour intercepter une livraison de paradis artificiels et cueillir les coupables de ce meurtre gratuit.

Lui ne se prête plus à ces trafics. Il est passé maître dans l'art du camouflage. Il sait comment esquiver les sacs d'embrouilles. Ses nouveaux muscles et son cerveau affûté impressionnent ces lascars qui ne sont forts qu'en bande. Il est devenu rédacteur en paperasseries officielles pour les dossiers CAF et ANPE.

Et aujourd'hui est un jour ordinaire. Il est simplement presque heureux d'être là et de simplement respirer.

Et l'univers bascule.

Les forces de l'ordre ont investi le quartier où justement l'ordre paraît si absent. Les habitants silencieux ne veulent plus subir, ils ont agi secrètement pour leur espace de vie, nommant les fauteurs de troubles qui les emprisonnent un peu plus chaque jour.

Sans rien savoir, Maxime se retrouve au beau milieu d'une guérilla urbaine où toutes sortes de projectiles volent dans tous les sens.

Il ne percute pas tout de suite ce qui arrive. En un éclair, la réalité le rattrape. Il se dit qu'il faut se mettre à couvert. Le cerveau commande et les jambes essaient d'obéir. Dans une fuite désespérée, il galope à fond en direction d'un quelconque abri. Ce n'est que chaos autour de lui. Rien ne le protège. Un impact violent le jette au sol, il en perd la respiration, un léger souffle et il en perd la vie.

Il ne verra jamais New York, Londres, Tokyo, Sydney.

Une dernière fois, la vie l'a larguée.

LES TABLEAUX
Maloue Allais-Wolff

Paris 1960

Un dernier regard désespéré, plein de remords mais pourtant déterminé. Tout est consommé, les dés sont jetés...

Annecy 1990

Les invitations sont prêtes, le traiteur commandé. Ma tenue, que j'ai voulue moderne et sophistiquée afin de conjurer les effets du temps pend dans mon armoire attendant comme moi le grand jour.

Sur mon chevalet, ma dernière toile inachevée me rappelle que ces derniers jours ont été intenses et que de ce fait j'ai délaissé mon travail.

50 ans ! 50 grains de sable du sablier de la vie ! Où sont-ils passés ? Mes amis m'affirment que je ne les parais pas, que le temps n'a pas eu de prise sur moi bref tous ces lieux communs qui sont censés nous rassurer.

Ce week-end Mylène rentre de Lyon pour m'aider à finaliser les préparatifs de cette fête d'anniversaire que je voudrais inoubliable. Le petit château familial se prêtera parfaitement à cet événement. Ma fille dont les 20 ans rayonnent m'a suggéré de mélanger les générations et d'élargir le cercle de mes invités avec quelques amis à elle ce qui lui permettra de trouver ma petite soirée plus fréquentable, plus dynamique aussi. J'accepte sans difficulté. Lorsque la mi-temps de la vie arrive, il est agréable de côtoyer cette jeunesse qui nous donne l'impression d'en faire encore partie.

Voici que le grand soir est là. Le château, dont toutes les pièces sont éclairées, illumine la campagne environnante, guidant les invités comme un phare les bateaux vers le port. La musique choisie par Mylène s'échappe des fenêtres et s'envole à l'assaut du ciel étoilé.

Le décor est planté, la fête peut commencer !

J'accueille mes invités à la porte du grand salon. Le buffet est dressé le long des murs. Il s'en échappe des odeurs alléchantes. Le moment venu, un orchestre nous permettra de danser. Famille et amis m'embrassent, me complimentent et me bombardent de vœux, de fleurs odorantes et de cadeaux.

Lorsque tout à coup je le vois ! Je peux même affirmer que tout ce qui n'est pas lui disparaît de ma vue !

Il suit Mylène qui s'approche de son pas dansant au milieu de sa bande d'amis. Je suis, en une seconde, transportée 30 ans en arrière au temps de mes études à l'école des Beaux-arts.

Dans l'instant, j'ai la certitude que je veux peindre ce jeune homme et reproduire sur la toile toute la faiblesse et la force de la jeunesse qui irradient de sa personne.

Maman je te présente Camille, Dorothée, Benoît et Olivier.

Je leur souris mais deviens grave en serrant la main d'Olivier tandis qu'il me remercie de mon invitation.

Lorsqu'ils s'éloignent je ne peux m'empêcher de me retourner pour le suivre des yeux. J'admire la beauté de son corps svelte et élancé, sa musculature qui se devine sous les vêtements et surtout je me remémore cette tache que j'ai aperçue dans l'échancrure de sa chemise.

J'essaie de m'assurer qu'il ne soit pas en couple avec Mylène. Apparemment non car celle-ci tient Benoît par la main.

En observant Olivier évoluer au sein de la foule de mes invités, je constate qu'il suscite un intérêt évident de la part de la gent féminine. Les jeunes filles présentes le suivent des yeux avec une lueur de convoitise qui ne m'échappe pas. Certaines femmes de mes amies aussi d'ailleurs.

Plus tard dans la soirée, le voyant enfin seul je m'approche de lui.

Olivier je crois ? dis-je en lui tendant une coupe de champagne dont il boit une gorgée en me regardant.

Oui. Cette fête dont vous êtes la reine est vraiment une réussite. Merci encore de m'y avoir invité.

Tout le plaisir est pour moi je vous l'assure. Je suis toujours ravie de connaître les amis de ma fille.

Mylène vous a-t-elle parlé de ma profession ? demandais-je pour l'amener vers ce qui était le but de mon approche.

Non je n'en ai pas le souvenir ou cela m'aura échappé.

Eh bien je suis peintre. J'immortalise sur la toile des moments instantanés, des gens dans l'éphémère de ce qu'ils sont à un instant précis.

C'est intéressant, si tant est que l'éphémère ne devienne pas éternel ! répondit-il avec un brin de malice au fond du regard.

Je souris.

Voici un vaste sujet ! je vous propose de l'approfondir un de ces prochains jours !

Dès que je vous ai vu j'ai eu l'envie de faire votre portrait. Vous représentez, pour l'artiste que je suis, la quintessence de l'éphémère de la jeunesse. Moi qui laisse avec difficulté la mienne s'éloigner, il m'est indispensable de trouver dans mon âme de créatrice comment rendre visible aux yeux de tous ce que les miens décèlent en vous voyant. Veuillez me pardonner mon enthousiasme un peu trop exubérant mais vraiment ma proposition est sérieuse. Accepteriez-vous de faire quelques séances de pose pour moi ?

Je suis flatté de votre requête et étonné tout autant. Je ne sais quoi vous répondre mais pourquoi pas ? Laissez — moi quelques jours de réflexion et je viendrai vous donner ma réponse.

À ce moment-là, Mylène et ses amis nous rejoignirent et la discussion devint plus générale.

Je me sentais exaltée par ce projet qui prenait forme et attendis avec impatience une réponse positive d'Olivier. Ce fut au bout de trois jours qu'il se présenta au château. J'étais dans mon atelier en pleine séance de travail et pour tout avouer pas très présentable lorsque je le vis traverser le jardin. J'allais à sa rencontre avec empressement.

Oh bonjour Olivier dis-je, reprise par le charme de son regard gris-bleu alors qu'il me tendait une main fine et forte à la fois, aux doigts de pianiste et aux ongles soignés. Êtes-vous venu me faire la joie d'accepter ma proposition ?

Oui bien que cela me paraisse bien présomptueux de ma part.

Il n'y a rien qui ne soit plus naturel pour un peintre que d'avoir recours à un modèle si celui-ci incarne ce que son esprit entrevoit.

Alors soit. Je me mets à la disposition de votre créativité. Quand commencerons-nous ?

Maintenant si vous êtes libre lui dis-je tant j'avais hâte de me mettre à l'ouvrage.

Il acquiesça et je me dépêchai de mettre en place ce qui était nécessaire à la réalisation de ce que, je le pressentais, allait être l'œuvre de ma vie.

Je lui demandai de s'adosser contre le mur du fond de l'atelier, de mettre ses mains dans ses poches et de regarder dans ma direction. Cela ne devait rien au hasard. Je savais pourquoi je choisissais cette pose décontractée et provocante tout à la fois. J'eus un peu honte de moi mais qu'importe !

Il portait un jean troué au genou pour se plier aux exigences de la mode et un tee-shirt blanc. Ses cheveux châtains clairs avaient des reflets blonds sous l'effet du soleil entrant par une des fenêtres ouvertes, ce qui me donnait envie de les caresser.

Enfin je pus débuter mon travail.

Je vais vous représenter dans ce que votre réalité a de plus vrai mais de plus dur aussi.

À mon âge il ne doit pas y avoir grand-chose de trop dur en moi encore. Je n'ai pas eu à subir d'aléas marquants dans ma courte existence.

Détrompez-vous Olivier ! Dès la naissance nous portons en nous les prémices de ce que nous allons vivre et devenir.

Il ne pouvait le savoir, mais mon regard allait bien au-delà de ce que je voyais. Mon regard retournait vers mes 20 ans, vers mes cours de dessin, vers ce modèle imposé par notre professeur d'anatomie qui comme Olivier était beau, jeune et plein d'insouciance.

Je le croquais presque de mémoire, mêlant passé, présent dans un tourbillon d'émotions. J'essayais de me reprendre.

Êtes-vous étudiant avec Mylène ? m'enquis-je le plus naturellement possible en mâchouillant le manche de mon pinceau.

Non, nos voies sont totalement différentes ! je dirais même opposées dit-il en souriant ; elle se destine au droit, moi à la musique. Je suis étudiant au conservatoire de Lyon.

Je me fis la réflexion que j'aimais beaucoup cette idée d'être liée à lui par cette appartenance au monde des arts et que je serais réellement ravie de l'entendre jouer.

Cela va suffire pour aujourd'hui dis-je enfin ; vous devez être fatigué ! Pouvez-vous revenir demain ?

Oui me répondit-il. Je serai là à 13 heures.

Nos séances se poursuivirent ainsi jour après jour pendant trois mois et nous apprîmes à bien nous connaître.

Vous vivez chez vos parents ? demandai – je lors d'une séance

Oui

Parlez-moi d'eux

Ce sont des gens formidables et nous formons une famille très unie. Ils me protègent de tout et surtout de moi-même. Ma mère incarne la douceur et mon père la force tranquille. C'est une combinaison qui, dans l'éducation qu'ils nous ont prodiguée, a très bien fonctionné. J'ai également deux sœurs de qui je suis très proche. J'ai beaucoup de chance. Mon enfance fut heureuse et les souvenirs que j'en garde sont constructifs. Grâce à mes parents je peux avancer serein sur le chemin de ma vie. Ce sont les piliers sur lesquels je sais pouvoir m'appuyer. Je les aime tant !

Il avait une sensibilité qui me comblait. Discrète mais bien décelable dans ses propos.

Je fondais devant sa juvénilité tempérée par une maturité du cœur et de l'esprit qui le rendait si intéressant, si attachant aussi.

Et puis vint le moment où mon œuvre fut achevée.

Aujourd'hui serait le dernier jour de notre collaboration. J'avais eu beau retarder au maximum cette échéance, il fallait bien que j'y mette un terme un jour ou l'autre sous peine, à force, d'éveiller ses soupçons. J'étais bien consciente que cela ne nous mènerait nulle part de prolonger ces tête à tête qui rendraient plus difficile encore l'inévitable séparation. J'avais fait moisson de souvenirs, d'images de lui que je garderai précieusement dans mon cœur.

Dans quelques instants j'allais lui faire un cadeau inestimable et néanmoins empoisonné.

Je me rendis dans le fond de ma remise d'où j'extirpais un tableau soigneusement emballé dans du papier kraft, recouvert de poussière.

Je coupais les ficelles et avec émotion je sortis cette œuvre effectuée 30 ans plus tôt.

Je l'emmenais dans l'atelier et la posais sur un chevalet côte à côte avec celle que je venais d'achever. Je regardais les deux toiles et fut frappée de stupeur en constatant les similitudes existant entre elles.

Pourtant je m'y attendais, je m'y étais préparée. Pas suffisamment à l'évidence car le choc fut terrible et je sentis les larmes couler lentement sur mes joues. Le même regard, la même couleur de cheveux, le même menton avec sa fossette irrésistible. Le même corps parfait et surtout, surtout la même tache sur le sein gauche.

Lorsqu'Olivier arriva il me fit remarquer gentiment que j'avais l'air bien grave et s'inquiéta de savoir comment j'allais. Je le rassurai.

Aujourd'hui est un grand jour pour moi comme pour vous dis-je un peu tristement.

Ah bon et pourquoi ?

Parce que vous allez être confronté à vous-même et que je crains que vous en soyez déstabilisé.

Ce n'est qu'un portrait ! c'est moi qui détiens la vérité de ce que je suis vraiment. Un tableau, même ressemblant, car je ne mésestime pas votre talent, ne peut me faire vaciller sur mes certitudes.

Eh bien je le souhaite de tout cœur car ce n'était vraiment pas le but de ce travail.

Puis-je regarder ?

Je ressentis un trac immense. J'avais tellement peur de sa réaction ! Je la supputais et pourtant je savais qu'il me fallait l'affronter et l'assumer.

Je m'écartais donc des chevalets afin de lui laisser la place.

Il approcha d'un pas sûr de lui pour se confronter à cet autre lui-même. Je vis dans ses yeux l'incompréhension et l'admiration se disputer son regard.

Pourquoi deux tableaux ? Qui est cet homme ?

Après une infime hésitation dans la voix je répondis doucement

Cet homme est votre père

Non ! me répondit-il avec colère ! Ce n'est ni possible, ni envisageable. Je ne comprends pas quel but vous poursuivez, ni pourquoi vous me faites subir cette farce grotesque mais je ne vous crois nullement. Je suis profondément déçu car je m'étais attaché à vous et ne vous pensais pas gratuitement cruelle.

Olivier je peux vous assurer que je ne triche pas. Si je vous affirme que cet homme est votre père c'est qu'il l'est sans aucun doute possible. D'ailleurs vous devez bien vous rendre compte par vous-même de vos ressemblances. Je n'ai pas fait deux tableaux de vous à deux époques différentes ! vous le savez bien ! Celui de votre père a été peint il y a 30 ans à l'école des beaux-arts de Paris où j'étais étudiante.

Je laissai mes paroles faire leur chemin jusqu'à son esprit. Je le voyais se débattre de toutes ses forces contre cette évidence que son cœur refusait. Je souffrais avec lui et pour lui.

Puis je baissais la tête. Aurais-je le courage d'aller jusqu'au bout de ma démarche ? M'y étais-je suffisamment préparée ? Peut-être pas après tout ! Je n'avais pas envisagé toutes les conséquences de mon aveu. J'avais agi par instinct et tout à coup j'entrevoyais avec effroi la destruction que je pouvais engendrer. J'eus peur ! très peur !

Olivier détacha ses yeux des deux portraits. Il me regarda d'une façon indéfinissable.

Pourquoi m'infliger cela ?

Parce qu'il le fallait ! Parce qu'on ne peut pas se construire sur des mensonges ! que détenant une partie de votre vérité je me devais de vous la révéler.

Si ce que vous insinuez est vrai, puis-je vous demander si vous connaissez ma mère ?

Oui dis-je en baissant la tête.

Son intuition lui intima de ne plus poser de questions sous peine d'être foudroyé, de ne pas aller plus loin dans sa quête de vérité. Peut-être plus tard. Il scruta une dernière fois le portrait de son père. Il me regarda ensuite avec insistance. Je ne pus soutenir le feu de ses yeux alors il recula et sortit très vite de l'atelier sans se retourner.

À ce jour je ne sais toujours pas si tout est fini à jamais ou si tout va pouvoir commencer enfin. Je sais juste que j'ai retrouvé le fils dont j'ai accouché sous X il y a 30 ans et que ma vie vient de basculer pour le pire ou le meilleur.

LE JOUR DE TROP
Maryse Schellenberger

Max et moi nous étions croisés chez des amis communs qui fêtaient un quelconque anniversaire.

Trop d'invités, trop de bruits, pas assez d'alcool, cette soirée festive est vite devenue une soirée fiasco. Le genre de moment où l'on croise beaucoup de monde mais où on ne partage absolument rien. Les mots se perdent dans un brouhaha infernal et aucune conversation n'est possible.

Je l'ai repéré tout simplement parce qu'il semblait s'ennuyer autant que moi. Banalement, le fond du jardin fut notre refuge commun, chacun en tête-à-tête avec notre verre. Il ressemblait plus à Tom Cruise qu'à Quasimodo, ce qui ne gâtait rien.

Complètement désabusés par la nullité de ces festivités, nous avons échangé quelques mots, puis quelques phrases et finalement nos coordonnées.

Je l'avais quasi complètement effacé de ma mémoire, une ombre vague dans le nombre de gens croisés au quotidien. Et le fil du téléphone, ou plutôt le téléphone sans fil nous a reliés. De fil en aiguille, je me suis réveillée un jour avec un fil à la patte.

Histoire de cultiver moi aussi quelques parcelles de bonheur, je me suis laissée engluer dans une relation qui ne servait qu'à combler le vide de mon statut sentimental.

Max a débarqué chez moi avec tous ses bagages, et je n'avais pas d'armes. Peu à peu, il a grignoté mes défenses, comme les vagues grignotent la falaise. Les copains, les matchs de foot, le linge à laver, la vaisselle sale dans l'évier, ce fut comme un long film pendant lequel on s'endort peu à peu.

Je marchais à côté de ma vie et je m'observais comme un papillon épinglé.

Mon cœur ne battait pas plus vite en le voyant. Je ne manquais plus d'air en son absence, bien au contraire. Je ne riais plus avec lui et il riait avec ses copains. J'étais sur Vénus, lui sur Mars, entre nous s'était installé un vide intersidéral.

Mais où donc sont ces machos qui se transforment en bonbons fondants et amoureux, ceux dont les livres nous parlent, durs et tendres, défenseurs et protecteurs à la fois. Serait-ce une légende urbaine de plus ??

Quand je lui disais que j'avais rêvé de lui, il pensait tout de suite au sexe, jamais au meurtre.

Et pourtant...

Et puis, il y a eu le jour de trop. D'un coup, sans savoir pourquoi, sans logique aucune, la goutte fatale est passée par-dessus bord et a fait déborder le vase.

J'ai rangé prudemment les couteaux, les ciseaux et le marteau. Il n'est resté que les mots. Ils ont voyagé entre nous, atterri dans nos esprits et nos cœurs.

Il est reparti avec ses bagages et j'ai gardé mes armes. Opération porte ouverte pour séparer deux cœurs qui finalement ne sont pas compatibles.

J'ai pris un verre et dégusté un moment entre moi et moi. J'ai ressorti mes armes pour le prochain anniversaire.

INVITÉ PAR SURPRISE
Philippe Delerm

*La première gorgée de bière
et autres plaisirs minuscules*

Vraiment, ce n'était pas prévu. On avait encore du travail à faire pour le lendemain. On était juste passé pour un renseignement, et puis voilà :

– Tu dînes avec nous ? Mais alors simplement, à la fortune du pot !

Les quelques secondes où l'on sent que la proposition va venir sont délicieuses. C'est l'idée de prolonger un bon moment, bien sûr, mais celle aussi de bousculer le temps. La journée avait déjà été si prévisible ; la soirée s'annonçait si sûre et programmée. Et puis voilà, en deux secondes, c'est un grand coup de jeune : on peut changer le cours des choses au débotté. Bien sûr on va se laisser faire.

Dans ces cas-là, rien de gourmé : on ne va pas vous cantonner dans un fauteuil côté salon pour un apéritif en règle. Non, la conversation va se mitonner dans la cuisine — tiens, si tu veux m'aider à éplucher les pommes de terre !

Un épluche-légumes à la main, on se dit des choses plus profondes et naturelles. On croque un radis en passant. Invité par surprise, on est presque de la famille, presque de la maison. Les déplacements ne sont plus limités. On accède aux recoins, aux placards. Tu la mets où, ta moutarde ? Il y a des parfums d'échalote et de persil qui semblent venir d'autrefois, d'une convivialité lointaine — peut-être celle des soirs où l'on faisait ses devoirs sur la table de la cuisine ?

Les paroles s'espacent. Plus besoin de tous ces mots qui coulent sans arrêt. Le meilleur, à présent, ce sont ces plages douces, entre les mots. Aucune gêne. On feuillette un bouquin au hasard de la bibliothèque. Une voix dit « Je crois que tout est prêt » et on refusera l'apéritif — bien vrai. Avant de dîner, on s'assoira pour bavarder autour de la table mise, les pieds sur le barreau un peu haut de la chaise paillée. Invité par surprise on se sent bien, tout libre, tout léger. Le chat noir de la maison lové sur les genoux, on se sent adopté. La vie ne bouge plus — elle s'est laissé inviter par surprise.

L'INVITÉE-SURPRISE
Fabienne Jomard

Imagine : LE truc pas prévu : Tu rentres à la maison avec un dossier à boucler pour le lendemain mais tu te dis que t'auras peut-être bien le temps de regarder un épisode de ta série préférée. Et voilà l'autre qui te sort :

Chérie ! y'a une invitée-surprise ! Maman va venir dîner avec nous ! Mais alors, tu fais simple hein ! À la fortune du pot !

Là, t'as quelques secondes où tu te dis que ta soirée va plus ressembler à une traversée en galère qu'à une promenade en barque fleurie. T'as eu une journée tellement chargée que, dans ta tête, t'as déjà tout programmé : un peu de boulot, un plateau télé devant Game of Thrones et hop ! Au lit ! Et puis voilà, en deux secondes, c'est le gros coup de bambou. Bien sûr, t'as pas envie de te laisser faire parce que tu vois déjà le topo : l'invitée-surprise ne va pas se cantonner dans un fauteuil côté salon en attendant l'apéritif ! Non, elle va venir tailler la bavette à la cuisine — Tu as besoin d'aide pour éplucher les pommes de terre ? Et, l'épluche-légumes à la main, elle va t'assommer de confidences en tapant dans le bol de chips ! Et que je te croque des radis et que je t'ouvre tous les placards en faisant semblant de chercher la moutarde... Et sans aucune gêne ! Et avec ça, bavarde, l'invitée-surprise ! T'as l'impression que les mots coulent sans arrêt, plus besoin de répondre... Remarque, c'est toujours ça de pris... Et quand tu ne l'entends plus, c'est qu'elle est en train de fouiner dans les étagères ou de se servir un verre de vin. Mais ça ne l'empêche pas d'accepter un apéritif alors que le repas est déjà prêt !

Et à table, je ne t'en parle même pas ! Tout ce que je demande aux gosses de ne pas faire, elle le fait, l'invitée-surprise ! Et je te mets les pieds sur les barreaux de chaise, et je mange avec le chat sur les genoux...

Non, là, tu te dis que c'est la dernière fois que tu le laisses t'imposer son invitée-surprise !

INVITÉ PAR SURPRISE
Maryse Schellenberger

Vraiment ce n'était pas prévu. On aurait bien dû s'en douter pourtant, c'était toujours comme ça. Une tonne de travail à terminer, un document manquant, un stationnement hasardeux pour 5 minutes et un bel élan stoppé tout net.

« Tu vas bien dîner avec nous ? Vite fait, et sans manières hein ? »

On essaie bien de s'en défendre mais impossible d'esquiver.

La journée s'était pourtant bien passée et la soirée aurait dû être bien remplie mais paisible. Et voilà, c'est la tuile, le changement du cours des choses contre lequel on ne peut lutter, car bien sûr on va devoir se laisser faire.

Pas question de s'installer sur un fauteuil pour déguster une bière bien fraîche. C'est dans la cuisine que ça se passe. Parce qu'il faut participer. Épluche-légumes en main on va devoir subir un interrogatoire en règle sur le boulot, les amours, la famille, les projets d'avenir. Et bien sûr, on ne sait toujours pas bien éplucher les pommes de terre...

Les radis seront sans sel et sans beurre, diététique oblige... on est perdu devant les placards où se cachent la moutarde, les verres, les assiettes, les couverts.

Et pour faire bonne mesure, de l'ail trop odorant et du persil trop frisé vont agrémenter ce qui aurait pu être une excellente salade composée...

Finalement, pas d'apéritif, ce n'est pas bon pour celui qui conduit. Pas de vin non plus, on ne va pas ouvrir une bonne bouteille en semaine. Et assis sur une chaise trop haute, ou devant une table trop basse, on choisit entre se cogner les genoux sans arrêt ou percuter des pieds en étalant ses jambes.

« On n'a pas idée d'être si grand aussi !! »

On subit la reconstruction d'un monde meilleur sans broncher, et la conversation s'étiole, peine à survivre. Les silences se font de plus en plus pesants. Les enfants s'impatientent de ne pouvoir se réfugier dans leurs chambres pour activer leur vie sociale. Même le chat s'en mêle et griffe allègrement tous les mollets à sa portée.

On n'en peut plus de supporter cette soirée sans surprise.

INVITATION FORMELLE
Maloue Allais-Wolff

Ce soir première invitation formelle chez monsieur et madame de La Riviera.

Sur le bristol il est mentionné 19 h 30 précise. Surtout ne pas être en retard.

Du stress et encore du stress !!

Comment devrons-nous nous vêtir ? Tailleur ou petite robe noire habillée ? Smoking ou costume ? Que devrons — nous apporter ? Des fleurs ? Une bouteille de champagne ? Rien ?

Pourquoi tout est-il si compliqué ?

J'imagine le majordome qui nous ouvrira la porte dans une livrée du plus bel effet. D'un ton compassé il nous priera de le suivre au salon après nous avoir délestés de nos manteaux. Nous nous retrouverons empruntés, en compagnie de trois couples inconnus. Nous n'oserons pas nous asseoir sur les fauteuils recouverts de soie aux tons pastel si douce au toucher.

Puis Mr et Mme de La Riviera feront leur entrée remarquée et remarquable. Que dire après les banalités d'usage ? Il est inenvisageable, c'est certain, d'engager la conversation sur les sujets brûlants d'actualité sans connaître au préalable les orientations intellectuelles de nos hôtes.

Autour de nous, où que nous posions les yeux, ce ne seront que bibelots précieux, intouchables dans leurs vitrines fermées.

L'apéritif au champagne sera guindé. Ici pas de radis ni de pistache, mais des canapés au caviar. Nous feindrons d'être à l'aise pour ne point paraître déplacés.

Alors le majordome refera son apparition et dira avec emphase :

Monsieur et madame sont servis.

Nous suivrons alors nos hôtes jusqu'à une salle à manger imposante où la longueur de la table mettra tant d'espace entre chaque convive que la communication deviendra compliquée.

Le moment hasardeux de la soirée sera celui où nous devrons sans faire de bévues notoires, choisir le bon verre ou les couverts adéquats pour déguster des mets que nous ne sommes même pas certains de reconnaître !

Puis les messieurs se retireront et nous resterons entre femmes pour discuter, avec un peu de chance, d'art et de littérature. Pas question bien sûr d'aborder des sujets tels que le jardinage ou le crochet qui seraient évidemment jugés trop communs.

La distance peut-être s'atténuera en nous découvrant des goûts communs, des vues semblables. Ce serait rassurant.

Puis nous pourrons enfin rentrer chez nous, soulagés d'avoir fait face avec succès à cette immersion dans un monde où le protocole dresse des barrières qui ne demandent peut-être qu'à être renversées.

ÉCRIRE PAR SURPRISE
Nathalie Marchi

Vraiment ce n'était pas prévu. On avait un agenda bien rempli, un travail, trois enfants, un mari. Une vie de femme active, de wondermaman, d'amante. On était juste passé pour un renseignement, pour trouver une activité à la benjamine, et puis voilà :

– Je te présente Raphaëlle, elle anime un atelier d'écriture à Montluel. Oui, juste à côté de chez toi, oui, juste sur ton après-midi de disponibilité, le jeudi, c'est ça !

Les quelques jours qui nous ont séparés de la première séance ont été délicieusement angoissants. Va-t-on être capable de se jeter à l'eau, va-t-on se laisser bousculer ? La vie était bien rodée, bien huilée. Et puis voilà, on a passé le seuil de la MJC. Autour de la grande table, des visages inconnus et pourtant certains déjà vaguement familiers. Bien sûr on va se laisser faire.

Dans ce cas là, rien de scolaire : on ne va pas vous juger, vous noter, vous taper sur les doigts avec la règle en fer. Non, les règles ici sont bien plus excitantes : on a le droit de tricher, de voler, de mentir... quelle jubilation dans cette société de conventions. On dresse le portrait chinois d'un participant qu'on ne connaît pas. Écrire par surprise, on entre presque dans l'intimité des autres invités. On accède au conscient, mais plus encore à l'inconscient. Si tu étais un animal, un mois de l'année, un lieu, un livre... que serais-tu ? Si tu étais une chanson, un gros mot, un mot d'amour... que serais-tu ? Des questions anodines ?...

L'interview se termine. Le temps de l'écriture vient. On s'enferme dans sa bulle au milieu des autres bulles de moins en moins anonymes. On a peur de blesser, d'être blessé, mais surtout on est surpris. Par soi-même « c'est moi qui ai écrit cela ? ». Par les autres « c'est vraiment ce que tu as compris ? » Écrire par surprise on se sent bien, tout libre, tout léger au milieu de ses pairs. Quelques séances plus tard, le stylo japonais à la main, on se sent adopté. L'écriture reste par exaltation — elle s'est laissé inviter par surprise.

REMERCIEMENTS

Merci à nos bêta-lecteurs, Pâquerette, Daniel, Sandrine, Vouny, Luce et Jean-Paulo, Cathy et Robert, Michel et Elena, Dominique et Yves, Flo, Sylvie, Laure, Pauline et Michèle B. pour leur relecture attentive et, bien sûr, merci à Raphaëlle qui nous a, une fois de plus, emmenées plus loin que prévu…

Un grand merci également à Nathalie Mondjian pour son inspiration et son illustration.

TABLE DES MATIÈRES

PRÉFACE – Raphaëlle Jeantet 5

CONFLIT — Maryse Schellenberger 7

À LA UNE J'EXISTE – Maloue Allais-Wolff 9

MACABRE AUBAINE — Fabienne Jomard 12

DÉLIVRANCE — Nathalie Marchi 16

DÉGRINGOLADE DANS LE VIDE — Maryse S 21

LE RIRE – Maloue Allais-Wolff 24

PLEIN CHAMP — Fabienne Jomard 27

LATRODECTUS JAZZ — Nathalie Marchi 32

FUITE — Maryse Schellenberger 42

L'ÉCHANTILLON – Maloue Allais-Wolff 45

RÉSURGENCE — Fabienne Jomard 51

TOUT FEU TOUT FLAMME — Nathalie Marchi 55

LARGUÉ — Maryse Schellenberger 60

LES TABLEAUX – Maloue Allais-Wolff 65

LE JOUR DE TROP —Maryse Schellenberger........... 76

INVITÉ PAR SURPRISE – Philippe Delerm 79

L'INVITÉE-SURPRISE —Fabienne Jomard 81

INVITÉ PAR SURPRISE —Maryse Schellenberger .. 83

INVITATION FORMELLE – Maloue Allais-Wolff ... 85

ÉCRIRE PAR SURPRISE —Nathalie Marchi 88

REMERCIEMENTS 91